로크미디어가
유혹하는
재미있는 세상

바인더북

바인더북 12

2014년 7월 24일 초판 1쇄 인쇄
2014년 7월 29일 초판 1쇄 발행

지은이 산초
발행인 이종주

기획 팀 이주현 이재범 이기헌
책임 편집 이정규

발행처 (주)로크미디어
출판등록 2003년 3월 24일
주소 서울시 용산구 원효로97길 46 5층
Tel (02)3273-5135 **Fax** (02)3273-5134
홈페이지 rokmedia.com **E-mail** rokmedia@empas.com

값 8,000원

ISBN 979-11-255-7165-0 (12권)
ISBN 978-89-257-3232-9 04810 (세트)

BINDER BOOK

바인더북

12

| 산초 퓨전 장편소설 |

contents

BINDER BOOK

활로를 모색하는 혼토

광화문의 도해합명주식회사.

도둑처럼 살며시 다가온 어둠이 짙은 자정을 넘기고 있음에도 사무실의 분위기는 긴장의 끈을 늦추지 않은 채 깊은 침잠에 빠져 있었다.

그리고 혼토는 새벽을 향해 치닫고 있는 시각임에도 불구하고 피곤은커녕 오히려 바늘 끝보다 예민한 눈빛을 발하느라 눈자위가 벌겋게 충혈된 상태였다.

이는 혼토뿐만 아니라 경호원인 마쓰다나 재정담당인 야마시타 역시 마찬가지였다.

심복들이 그럴진대 하세가와 같은 한 치 건너의 인물들은 말할 것도 없었다.

그도 그럴 것이 사토 요시오를 포함해 제2인자, 즉 코친(싸움닭)들의 행동대장인 니시무라마저 인질이 되어 있는 판국이라 모두 상갓집 개나 다름없는 표정들일 수밖에…….

이제는 습관이라도 된 듯 모두의 시선이 한결같이 책상 위에 놓인 전화기에 꽂혀 있었다.

이유는 당연히 아직도 끝내지 못한 인질 교환 때문이었다.

바로 담용에 의해 벌어진 500만 달러와 23명 인질 교환.

전화기를 노려보고 있는 혼토의 건강했던 입술은 이제 파리해지다 못해 시커멓게 죽어 있었다. 거기에 종내 분기를 참기 어려웠던지 수시로 경련까지 일으켰다.

그러다 속이 타는지 연거푸 물을 마셔 대는 걸 멈추지 않고 있다.

벌컥벌컥. 탁!

거칠게 컵을 내려놓은 혼토의 입이 연방 실룩거렸다.

'망할 자식이 마지막까지 속을 썩이는군.'

그래도 지금까지는 인질 교환이 그런대로 순항 중이라는 것이 다행이었다.

물론 오늘 하루 종일 인질들을 구하느라 속은 시커멓게 타다 못해 재가 되긴 했다.

그러나 다행히도 놈들이 '사이코'는 아니어서 약속한 대로 돈과 부하들을 맞바꾸어 현재까지 18명이 돌아온 상태다.

뭐, 으레 그러려니 하고 예상했던 대로 하나같이 온전한 상태가 아니어서 모두들 병원으로 직행한 상황이다.

부하들의 상태는 세밀하게 살펴볼 것도 없이 엉망진창이었지만, 이제 마지막 고비만 남은 셈이었다.

그것도 가장 중요한 두 사람, 바로 사토 요시오와 니시무라만 돌아오면 되는 상황.

아니, 그 전에 두 사람 외에 세 명의 부하가 더 돌아와야만 한다.

두 명의 몸값을 50만 달러로 쳐서 450만 달러를 건넸으니 18명이 돌아온 것이다.

이제 남은 50만 달러를 건넸으니 머지않아 세 명이 돌아올 것이다.

그래도 두 명이 더 남지만 그것은 놈들이 원만한 거래를 위해 마지막까지 남겨 놓은 인질인 터라 기다리는 것 외에는 별로 뾰족한 수가 없었다.

생각해 보면 그래서 더 이가 갈린다.

마지막 50만 달러까지 탈탈 털어 가기 위해 사토 요시오와 니시무라를 끝까지 붙들고 있는 놈들이다.

그래서 더 움치고 뛰지도 못하고 꼼짝없이 당해야 하는 현실이 혼토의 자존심을 긁고 또 긁어 댔다.

'여우 같은 새끼…….'

그나마 다행인 것은 사토 요시오와 니시무라의 몸값을 별도로 요구하지 않았다는 점이다.

다만 이쪽에서 무슨 공작이라도 할까 저어한 나머지 조심하는 것일 뿐.

어쨌든 마지막까지 중요 인질들을 붙잡고 있는 통에 뭘 해보고 자시고 할 게 없었던 것은 사실이었다.

거기에 종내 의문이 가시지 않는 사실 한 가지는, 놈들이 과연 어떤 루트를 통해 밀수한 물품을 알았느냐는 것이다.

귀신이 곡할 노릇인 게 밀수 루트를 알고 있는 사람이 본토의 관계자들을 제외하고는 이송 담당인 사토 요시오와 그 부하들 그리고 혼토 자신과 경호 책임자인 마쓰다, 재정담당인 야마시타 그리고 지금 잡혀 있는 행동대장 니시무라뿐이다.

사토 요시오와 그 부하들이야 이제 갓 한국에 발을 들여놓은 상태라 의심을 하기에는 무리가 있었고, 나머지 세 사람은 모두 심복 중에 심복이라 의심할 여지가 없는 인물들이었다.

외교를 담당하고 있는 하세가와에게는 일이 터지고서야 의논을 한 터라 의심할 수도 없다.

그렇다면 누가 흘렸단 말인가?

혼토가 조직 내에 배신자가 있다고 여기는 데는 그럴 만한 이유가 있었다.

바로 강탈자들이 만반의 준비를 갖추고 족집게처럼 시간에 맞춰서 강탈해 갔다는 점 때문이다. 마치 오랫동안 준비한 것처럼 말이다.

혼토는 담용의 정보망팀과 짱돌의 도청으로 인해 정보가 새 나갔음을 꿈에도 생각하지 못하고 그저 생각을 하면 할수록 혈압이 올라 부글부글 끓었다.

'ㅇㅇㅇ……'

혼토도 금액이 얼만지 환산할 수 없는 천문학적인 자금을 강탈당했다.

거기에 사재를 털어 인질들까지 구해야 했으니, 속이 썩어 문드러지고 있는 중이었다.

아무튼 그렇게 혼토가 전전긍긍하고 있을 때 출입문이 열렸다.

덜컥.

"오야붕, 세 사람이 돌아왔습니다."

"그래? 상태는?"

"먼저 온 애들과 똑같습니다."

"그럼 빨리 병원으로 보내!"

"알겠습니다. 그리고 이걸 전해 달라고 했답니다."

부하가 건네주는 쪽지를 얼른 받아 펼치는 혼토다. 필시 남은 두 사람의 행방이 적혀 있을 것이기 때문이다.

혼토, 거래가 무사히 이루어진 것을 축하한다. 액수가 적지 않지만 용돈으로 준 것으로 알고 잘 쓰도록 하지. 사토 요시오와 니시무라는 아래의 주소에 있으니 데려가도록. 마지막으로 한마디 충고를 하겠다. 한국에서 관광을 하며 돌아다니는 것까지는 뭐라고 하지 않겠다만, 사채놀이를 할 셈이라면 접는 것이 좋을 것이다. 왠지 알아? 또다시 나를 만날 테니, 네게 좋을 것이 없다는 거다. 그리고 다음에 또 이런 일로 나를 만났을 때는 결코 이 정도로 끝내지 않을 것임을 명심하도록, 하하하핫.

주소 : 경기도 용인군 남사면 창리 ○○○-○○번지(짓다가 중단된 아파트 건설 현장)

부들부들…….

쪽지의 내용을 읽어 가던 혼토의 손이 걷잡을 수 없을 정도로 심하게 떨어 댄다 싶더니 기어코 참고 또 참아 왔던 울화를 터뜨리고 말았다.

"으아아아-! 이 새끼! 죽여 버릴 테다-!"

와르르르……. 콰당. 쿠쿵-!

분노를 참지 못한 혼토가 느닷없이 마호가니 책상을 뒤집어 버렸다.

이어서 한쪽 벽에 세워 두었던 골프채를 집어 드는 것을 본 마쓰다가 재빨리 부하들을 물렸다.

다분히 말리는 것보다 화를 푸는 것이 몸에 더 이롭다는 듯한 태도였다.

퍽! 빼억! 퍼퍽!

파삭. 퍼석. 와장창!

실내에서 퍼팅 연습을 했던 퍼터에 걸리는 것들은 모조리 부서지거나 박살이 나면서 파편들이 날았다.

책장이 부서지고 사물함이 깨지고 도자기가 박살 나면서 실내는 금세 난장판으로 변해 버렸다.

거기에 짐승이 포효하는 듯한 괴성까지 더해져 사무실을 공포로 몰아가고 있는 혼토였다.

그렇게 얼마간 광분한 나머지 맹렬히 화풀이를 해 대던 혼토가 그새 지쳤는지 퍼터를 짚고는 콧김을 연방 불어 내며 씩씩댔다.

"으으으, 아침 해장거리도 안 되는 놈들이…… 이놈들이 감히……."

부르르…….

"감히 내게 협박을 해!"

휙!

마침내 마쓰다가 아슬아슬한 마음으로 지켜보던 퍼터가 날았다.

콰직! 와장창창—!

실내의 모서리에 진열되어 있던 도자기들이 기어코 박살이 나면서 산산조각이 나고 말았다.

재정을 담당하고 있는 야마시타의 얼굴이 일그러지는 것으로 보아 꽤나 값이 나가는 도자기였던 모양이다.

"마쓰다, 뭐 하고 있나, 빨리 가서 데려오지 않고!"

"이, 이미 보냈습니다, 오야붕."

"쿵!"

부들부들 부들부들.

여전히 화가 안 풀리는지 전신에 경련을 일으키고 있는 혼토를 쳐다보던 마쓰다의 눈에 의문의 빛이 어리더니 갑자기 무언가를 발견했는지 쪼그려 앉았다.

이어서 혼토가 뒤집어 놓은 책상 밑에 껌처럼 붙어 있는 조그만 물체를 발견했다.

500원짜리 동전보다 조금 커 보이는 물체를 떼어 내 들어 보인 마쓰다가 혼토에게 물었다.

"오, 오야붕! 이, 이게 뭡니까?"

"……?"

혼토의 얼굴에 의문의 표정이 떠오를 때 야마시타가 다가오더니 말했다.

"이거…… 도청기 같은데요?"

"뭐? 도, 도청기라고?"

"예, 분명히 도청깁니다. 제가 본토에 있을 때 구입해 봐서 압니다."

"이이이익."

조금은 진정이 되어 가던 혼토의 관자놀이가 또다시 불거지려고 할 때, 야마시타의 말이 이어졌다.

"오야붕, 접착제의 딱딱한 강도로 보아 적어도 일 개월 전에 부착된 것으로 보입니다."

"이, 일 개월?"

"예, 일 개월 전이면 오야붕께서 한국에 온 지 며칠 되지도 않은 때입니다."

"하면 놈들이 내가 온 것을 알고 도청 장치를 부착해 놨단 말이 아니냐?"

"그럴 수도 있고……."

야마시타가 하세가와의 눈치를 슬쩍 보고는 말을 이었다.

"오시기 전부터 부착되어 있었을 수도 있습니다. 그래서 제가 이런저런 일이 많았던 곳이라 사무실을 옮겼으면 하고 의견을 드렸던 겁니다."

"으으음. 하세가와."

"하이, 오야붕."

"어떻게 생각하는가?"

"저로서는 할 말이…… 없습니다."

"그래……."

이해를 한다는 듯 고개를 주억거린 혼토가 억지로 마음을 가다듬더니 입을 열었다.

"이미 지나간 일이니 나중에 따지도록 해. 일단 당면한 일부터 처리한다. 마쓰다, 아키라를 연결해!"

"핫!"

마쓰다가 급하게 휴대폰으로 전화를 걸어 상대방과 연결하고는 곧장 혼토에게 건넸다.

"아키라."

-핫! 마, 마쓰……. 아아, 오, 오야붕!

"어떻게 되어 가고 있나?"

-오야붕, 꼬리를 물고 추적 중에 있습니다.

"그래?"

-옛!

"지금 어디냐?"

-양지면에 있는 아시아 골프장에서 남하하고 있는 중이라, 아직은 어디를 지나고 있는지 파악이 안 됩니다.

"서울로 올라오는 것이 아니라 남하를 하고 있다고?"

-옛! 내비게이션 화면에 그렇게 표시되고 있습니다.

"지원이 필요하지 않나?"

-아닙니다. 인원이 많으면 오히려 노출될 염려가 있습니다.

"아무튼 좋다. 놓치지 말고 끝까지 따라붙어서 기필코 놈들의 아지트를 찾아내!"

-하이! 염려 마십시오.

"만에 하나 노출됐다 싶으면 죽여도 좋으니 발포해 버려!"

-알겠습니다, 오야붕.

"부상을 당했다면 이리로 끌고 오도록 하고."

—하이!

"믿겠다."

—핫! 믿으십시오. 곧 연락을 드리겠습니다.

"알았다."

휴대폰의 폴더도 닫지 않고 마쓰다에게 던져 준 혼토가 옆에 우두커니 서 있는 하세가와를 쳐다보았다.

"하세가와!"

"핫! 오야붕."

"날이 밝는 대로 갈성규 의원에게 전화를 넣어 한영기 부장 검사를 만날 수 있도록 주선해 달라고 하게나."

"알겠습니다. 하면 몇 시에……."

"시간을 끌 일이 아니니 조찬을 같이 하면서 얘기를 나누었으면 좋겠군."

"그렇다면 여덟 시로 잡겠습니다. 근데 저……."

더 할 말이 있는 듯 말을 잠시 멈춘 하세가와가 실내에 서 있는 동료들의 눈치를 보았다.

이에 마쓰다가 얼른 나섰다.

"야마시타, 나가서 대기하도록 해."

"예."

야마시타가 동료들을 데리고 나가자 혼토가 소파에까지 어질러진 파편들을 대충 치우고는 앉았다.

"할 말이 있으면 앉아서 얘기하지."

혼토의 말에 두 사람이 마주 앉았다.

"할 말이 뭔가?"

"말씀드리기 전에 먼저 오야붕께서 한영기 부장을 만나려는 의도가 뭔지를 알고 싶습니다."

"이런! 하세가와, 당신 지금 제정신……."

"아아 마쓰다, 됐어."

벌컥 하려는 마쓰다를 말린 혼토가 게슴츠레한 눈으로 하세가와를 쳐다보며 말을 계속하라는 무언의 압박을 가했다.

묻는 이유가 있겠지만 타당하다고 해도 별로 내키지 않는 질문이었기에 심기가 조금 상했다.

대놓고 싫어할 수도 있겠지만 실상 하세가와는 전자의 실패만 없었다면 자신과 동급인 직위다.

그렇다고 직위가 강등된 것도 아니어서 대하기가 껄끄러운 존재다.

자신이 명령조보다는 하게체를 쓰는 것도 당분간만 자신의 휘하에 배속됐기 때문이다.

결코 자신보다 못나서가 아닌 것이다.

단지 소속이 다를 뿐.

하세가와는 모리구치구미 내에서 후지와라 오야붕의 휘하였고, 자신은 아오키 오야붕의 휘하로 서로 수평적 관계다.

참고로 사토 요시오는 또 스즈끼 오야붕의 휘하이며 역시 수평적 관계다.

즉, 사토 요시오가 합류하게 되면 세 개 파가 한 팀이 되어 움직이게 되는 형국인 셈이다.

그렇게 될지는 모르겠지만 말이다.

아, 야가미의 니시무라 조와 다께다의 사카모도 조는 일찌감치 도태됐다.

따지고 보면 모리구치구미에서 한국으로 진출한 조組는 사토 요시오까지 포함해 모두 다섯 개 조가 되는 셈이다.

그런데 두 개조는 이미 지리멸렬이 된 데다 그나마 남아 있던 조까지 털렸으니 유구무언이다.

거기에 더해 이제 갓 진출해 와서 기세 좋게 출발했던 혼토 자신의 조까지 기로에 선 상황이 아닌가?

이렇듯 한국에 진출하는 족족 털리고 보니 분기가 치밀고 열이 끓다 못해 머리 뚜껑이 열리지 않을 수가 없다.

이번 일까지 본토에서 알게 된다면 대오야붕의 귀에까지 들어가는 것은 기정사실이다.

고로 자신의 처우야 어찌 됐던 간에 결코 좌시하지 않을 것임은 불을 보듯 빤했고, 대폭적인 물갈이까지 예상됐다.

'제길…… 사토를 믿었건만…….'

사토 요시오와는 성별을 떠난 친구 사이다.

그래서 신뢰했던 것만큼 이번 물건의 운송을 부탁했던 바였다.

그런데도 몽땅 털리고 말았다.

상황이 이러니 겉으로야 어떨지 몰라도 속으로는 은근히 고소해할 하세가와다.

아무튼 이번 강탈 사건으로 인해 하세가와가 자신의 휘하에서 독립해 나갈 공산은 더 커졌다.

아니면 각기 독립채산제로 운영이 될지도 모른다.

하지만 그때는 그때고 지금은 아직 자신의 휘하라 꿀릴 것도 없고 약세를 보일 마음도 없다.

“내가 말해 주는 건 좀 그렇고……. 하고 싶은 말이 뭔지부터 알고 싶군.”

“정 그러시다면 제가 먼저 말하지요. 아마도 들여오려던 물건이 애초 저희가 가지고 왔던 것과 별반 다를 것이 없을 거라 여겨집니다.”

“흠, 그래서?”

“양이 얼마나 되는 물어도 되겠습니까?”

“흠, 꽤 많네. 본토의 다른 조組에서 투자한 것도 있으니까.”

“하나하나 짚어서 말씀드리지요. 첫째로 채권입니다.”

“응? 그게 왜?”

“무기명채권이라면 회수하기가 절대 쉽지 않을 겁니다.”

“흥! 그건 두고 보면 알 테지.”

혼토의 표정엔 나는 너와 다르다는 기색이 역력했다.

그도 그럴 것이 뒤를 받쳐 주는 파워가 질적으로 다르다는

데 무게를 두고 있는 것이다.

'쯧, 한국의 실정을 모르니…….'

자신감을 갖는 것이야 문제가 될 것이 없지만, 공권력을 동원해도 소용이 없음을 뼈저리게 느낀 하세가와다.

이유는 한국의 수사기관 입장에서는 어차피 남의 일일 뿐이라 그렇게 적극적이지 않다는 게 문제인 것이다.

더구나 정치색을 타고 내려온 사안이라면 거부감부터 가지고 대하는 것이 아랫사람들의 태도이고 보면 더 그랬다.

즉, 위의 인물들을 동원한다고 해서 능사가 아닌 것이다.

부연 설명을 할까 하던 하세가와가 더 들어 먹을 것 같지 않은 태도에 다음 말을 이었다.

"아무튼 참고로 해 두셨으면 해서 말씀드리는 것입니다. 둘째로는 금괴입니다. 그것이 골드바든 킬로바든 역시 종적을 찾기가 지난할 겁니다."

"한국은 시장이 좁다고 알고 있네만……."

"저희도 그렇게 알고 있었습니다만 결과는 아직도 오리무중이지요."

직속 부하인 히로시 호시아키, 즉 홍건욱이 아직도 도난당한 금괴를 찾아 헤매고 있지만 종적이 전혀 드러나지 않고 있는 상태임을 두고 하는 말이었지만, 혼토는 별로 걱정을 하지 않는 눈치였다.

물경 0.5톤이나 되는 금괴가 전혀 드러나지 않고 있음에도 말이다.

'하기야 전번에 도난당한 금괴도 있으니 금시장에 변화가 생길지도 모르겠군.'

하세가와는 담용이 영월의 청령포에 빠뜨려 놓고 작두로 하여금 지키게 하고 있는 금괴를 두고 말하는 것이었다.

하기야 혼토가 들여온 금괴가 0.5톤만 돼도 이미 포화 상태가 되어 있을 금시장에 변화가 생길 가능성이 농후하긴 했다.

"셋째로는 현금입니다. 달러든 엔화든 이건 상식적으로 생각해 봐도 더 어려운 일이지요."

"그건 금액이 별로 많지 않네."

'쩝, 많든 적든 당장 애들에게 줄 월급도 없는 형편이잖아?'

사업을 시작도 해 보기 전에 털린 상황이라 예비비도 없는 상태라는 것쯤은 알고 있는 하세가와다.

게다가 들여오려던 자금마저 몽땅 털린 상태이니, 향후의 사업에 적지 않은 차질이 있을 것은 당연했다.

본토에서 퍼 주는 것도 한계가 있기 때문에 어떤 식으로든 메워 넣어 놔야 한다. 그러지 않으면 막강한 배경을 가진 혼토라도 자리를 유지할 수가 없다.

덩달아 하세가와 자신도 무사하지 못하는 것은 필연이다.

그래서 대책을 마련하기 위해서라도 적극적으로 조언을

하는 것이다.

"마지막으로……."

"……?"

"우리 조가 진출할 때는 가지고 오지 않았지만 혹시라도 털린 물건들 중에 마야쿠(마약)가 있다면 심각하게 고려해 봐야 하는 사안이라 여겨집니다. 그게 포함되어 있는지요?"

"으음, 있네. 그것도 제법 많은 양이……."

의외로 태연하게 말하는 혼토의 대답에 하세가와는 그럴 줄 알았다는 듯 다시 물었다.

"마야쿠의 종류야 거기서 거기일 테니……. 어떤 상태의 것입니까?"

"두 가지 다일세."

"으음."

두 가지가 뭘 뜻하는지 단박에 알아들은 하세가와가 침음을 내뱉었다.

'젠장…… 크리스털과 스피드 모두 강탈당했단 말이군.'

히로뽕의 종류로, 분말이냐 결정체냐에 따라 나뉘어 불리는 은어다.

이것은 원래 메스암페타민의 상품명 필로폰을 일본인들이 그들 특유의 발음으로 히로뽕이라 불러 널리 알려진 것이다.

일본어 히로ヒロ가 한국어로 피로疲勞라는 말이 되니, 피로를 없애는 약임을 의미하는 것이기도 했다.

원래는 우울증 환자의 치료를 위해서 개발된 필로폰이었지만, 뇌의 중추신경에 끼치는 부작용과 강력한 중독성으로 말미암아 마약으로 지정된 것이다.

각설하고.

"한 부장을 만나도 그것까지는 말할 생각이 없으니 걱정하지 않아도 되네."

당연한 소리지만 그조차도 뭘 모르고 하는 소리다.

하세가와가 알고 있는 한국은 마약과 총기에 관한 한은 지독스럽게도 추적하는 국가였다.

어떻게 보면 살인 사건보다 더 지독스럽다 할 정도로 전국이 들썩거린다.

그래서 말을 해 주지 않을 수 없다.

"오야붕, 한국이 마약 청정 국가라는 것은 알지요?"

"그야……."

그래서 더 기를 쓰고 들여오려는 것이 아니던가?

물론 한국에서 소비하기 위함도 있지만, 한국을 제3국으로 가는 중간 기지로 삼기 위해서다.

당연히 마약 청정 국가인 한국에서 나가는 물건이 마약일 것이라고 생각하지 않는다는 점을 이용해 손쉽게 빼내 가려는 의도다.

"물론 종착지는 중국이겠지요?"

"뿌려 놓으면 흔적도 없이 사라지는 나라이니, 그만한 시장도 없지.”

“으음, 문제는 마야쿠를 받을 중국인들과의 신뢰 문제이겠군요.”

“그렇지.”

“어딥니까?”

“정확히는 14K파지만, 중국의 조직이 으레 그렇듯 거슬러 올라가면…….”

“당연히 삼합회가 관련되어 있겠지요?”

“그러네. 그래서 중국 조직과의 갈등에 대비해 저격 총을 비롯한 총기들을 들여왔는데, 그마저도 털려 버리고 말았네.”

“오야붕, 놈들이 수사관이 아닌 이상 총기를 가지고 수사의뢰를 하기는 쉽지 않을 겁니다. 설사 신고를 했다고 해도 우리가 부인해 버리면 그만이고요. 문제는 중국과의 거래가 깨졌다는 겁니다. 이건 애프터가 걸려 있는 신뢰 문제라 속히 조치를 해야 할 것입니다.”

“알아. 거래를 미룰 수밖에 없다고 양해를 구해야겠지.”

“내일이라도 당장 통보해 줘야 할 겁니다. 아울러 탈취당한 마약의 경우, 놈들도 우리처럼 그들 나름대로 정치권이든 어디든 끈이 있을지 모릅니다. 없다고 해도 줄을 대려 할 테니, 이 역시 빨리 조치를 해 놔야 할 겁니다.”

“엉? 무, 무슨 말인가?”

"우리가 정치권을 통해 검찰에 손을 뻗치고 있는 걸 저놈들도 알고 있는 상탭니다. 독사란 놈을 잡을 때 이용했으니 말입니다."

"하면 마약수사반 같은 곳에다 제보를 할 수도 있다는 말인가?"

"물론 놈들도 약점이 있으니 조심스러워하겠지만, 만약 제보를 하게 된다면 금괴를 강탈한 것보다 마약에 더 무게를 두고 수사를 할 수도 있다는 겁니다."

"젠장. 그렇다고 손 놓고 마냥 기다리고 있을 수만은 없는 것 아닌가?"

"그래서 만약에 일어날지도 모르는 난관을 생각해서 타개책을 마련해야 한다는 거지요."

"타개책이라면?"

"이제 막 내막을 알게 된 터라 아직은 없습니다. 묘안이 떠오르면 보고를 드리도록 하지요. 그보다는 내일 만나게 될 한 부장의 비자금부터 마련하는 것이 좋겠습니다."

"비자금이라니? 그건 어제 이미 갈 의원에게 건넬 만큼 건넸다네."

'쯧, 그저 머리 조금 돌아가고 주먹만 휘두를 줄 알았지…….'

그래서 오야붕 자리에 앉아 있는 것이긴 하지만, 세밀하게 머리를 굴리는 점에서는 혼토도 많이 모자란 편이었다.

혼토에 비해 하세가와는 주먹이 없는 대신 두뇌가 있었다.

하세가와가 붙어 있는 이유가 바로 혼토의 모자라는 머리를 보완하려는 것이지만, 적극적인 행동과 간섭은 절대 조심하고 있는 중이었다.

하세가와 자신은 혼토 패거리의 '타성받이'이기에 심복들의 눈총을 받아서 좋을 것이 하나도 없었다.

지금 역시 혹시라도 자신의 금괴와 채권을 찾을 수 있을까 하는 마음에서 의견을 내는 중이지 결단코 돕고 싶은 마음에서 나선 것이 아니었다.

"갈 의원에게 줬다면 정치인들의 속성상 한 부장의 수중엔 그야말로 용돈 수준밖에 쥐이지 않을 겁니다."

"……."

대답은 하지 않았지만 그 정도는 상식 축에도 속하지 않는 권력자들의 속성임을 어찌 모를까.

돈 잡아먹는 기계가 정치권임을 감안하면 당연한 소리다.

그래서 혼토 나름대로 준비해 둔 '언더 머니'가 있긴 했다.

그러나 그 금액이 사실 얼마 되지 않는 게 문제다.

이를 눈치 빠른 하세가와가 모를 리가 없어 일침을 가했다.

"오야붕, 웬만한 돈은 주지 않는 것만 못합니다. 무시하는 격이 될지도 모르니까요. 뭐든 찍어서 내리누를 수 있으려면, 꽤 큼직한 언더 머니를 준비해야 할 것입니다. 놈들이 신고를 한다고 해도 귓등으로 듣고 흘려버릴 만큼 큰돈을 말입니다."

"끄응."

"그것이 문제가 된다 하더라도 갈 의원이 막아 줄 테니 만났을 때 살짝 언급만 하십시오."

"오, 오야붕, 하세가와의 말을 참고할 필요가 있을 것 같습니다."

'니미럴…….'

쓸개를 씹은 듯한 표정을 자아낸 혼토였지만 그 정도 생리쯤은 알고 있었기에 옳은 말이라는 것을 모르지 않았다.

옳다면 미적거릴 이유가 없다.

"마쓰다, 노무라증권에 한 번 더 갔다 와야겠다."

"알겠습니다. 먼저 가서 만나고 계시면 야마시타와 같이 노무라증권에서 일을 보고 그쪽으로 가겠습니다."

"그렇게 해."

"마쓰다, 하세가와와 할 얘기가 있으니 좀 나가 있어."

"하이! 오야붕, 쉬십시오."

마쓰다까지 실내를 빠져나가자 혼토의 입에서 은근한 어조가 튀어나왔다.

"하세가와."

"예, 오야붕."

"그대와 내 꼴이 참으로 우습게 됐군그래."

"……."

"확실하게 알지는 못해도 자리를 유지하기가 힘들겠지. 그래서 말인데……."

"……?"

"서로 살아야 하지 않겠나?"

"그야……."

혼토의 은근한 어조가 약간은 부담이 되는 하세가와가 속으로 생각했다.

'이 양반이 왜 이러지?'

결코 꼬리를 내리거나 뒤로 물러나는 법이 없는 혼토임을 아는 하세가와로서는 살갑다 싶을 정도의 음색이 오히려 불안했다.

"내 단도직입적으로 말하지. 그대가 추진하려고 하던 일에 내가 끼었으면 하는데, 어떻게 생각하는가?"

"으음, 알고 있었습니까?"

"모를 리가 없지, 애초 본토에서 기획했던 일인걸. 다만 자네가 선수를 쳐 놓은 사람들을 이용하기 위해 묻는 걸세."

"하기야…… 저 역시 이렇게 되고 보니 그들과 약속을 해 놓고도 말을 못 하고 있는 중입니다."

"자금 때문이겠지?"

"그렇습니다."

"좋으이. 그 자금은 내가 마련할 테니, 그대는 주선을 해

줌은 물론 제반 실무를 맡게. 이제부터는 한배일세. 자넨 어떤가?"

"저야 감지덕지지요."

목마른 대지에 단비가 내린 격이니 이건 분명 기회였다.

'호오! 같이 살자?'

대번에 느껴지는 감정이었다.

혼토의 말처럼 자금만 있다면, 아니 빌릴 수만 있어도 사채업자들에게 보여 주고 그들에게 사업 참여를 종용해 사업 기금을 마련하는 것은 일도 아니었다.

한국에서 대부를 전문으로 하는 사채업자에 대한 인식은 그야말로 인간 이하다.

물론 사채업자들이 채권을 추심하는 과정에서 조장된 오명이라 손가락질을 받아도 어디 가서 하소연을 못 하는 실정이다.

일본에서 들여온 자금과 합자해 떳떳하게 투자함으로써 자식들 보기에 떳떳치 못한 사채업자라는 오명을 쓰지 않고도 수익을 보장받을 수 있으니 쌍수를 들고 환영할 일이다.

즉, 직접 관여하지 않고 일선에서 물러난 상태에서, 또 누구의 눈치를 볼 필요도 없이 수익은 수익대로 보장받는다면 기존의 사채업자들뿐만 아니라 정계나 재계의 인물들이 은밀히 지니고 있는 자금까지도 고리대금업에 인입시켜 운영할 수 있다.

동족들이야 죽든 말든, 신분도 숨기고 돈도 버는 일거양득의 사업이니 그런 작자들을 찾는 것쯤은 여반장이다.

하세가와가 바로 그런 밑그림을 차근차근 완성해 가던 차에 뜻하지 않게 자금을 몽땅 털리는 사건이 발생해 사업할 기회를 그만 코앞에서 놓쳐 버렸던 것이다.

아무튼 혼토의 말은 더없이 좋은 기회였고, 여태까지의 손해를 조속한 시일 안에 만회할 수 있는 기회이기도 했기에 거절할 이유가 없었다.

문제는 말이야 좋은데 혼토가 그만한 자금을 지니고 있느냐는 것이다.

방안이 있으니 하는 말이겠지만, 그래도 슬쩍 운을 떼 보았다.

"그런데 자금이……."

"아아, 실제로 지니고 있는 자금은 없네."

역시나 우려했던 바 그대로다.

"노무라증권으로 보낸 마쓰다가 가지고 오는 돈은 믿지 말게. 그저 내가 개인적으로 모아 놓았던 용돈을 유용하자는 것일 뿐이니까."

"하면……?"

"흠, 사업체의 자금은 그대도 알다시피 이런 꼴이니 더 이상 나올 곳이 없네. 본토에다 손을 벌릴 수 있는 상황도 아니고……."

그렇게 되면 당장 물갈이가 시작될 것이니 입도 벙긋 못 한다.

"난 그저…… 그 작자들에게 내보일 자금표만 마련한다는 얘길세."

"아, 예."

"신중하고 치밀한 그대가 해 온 물밑 작업이라면 그것만으로도 되지 싶은데…… 아닌가?"

"가능합니다. 그들은 우리의 사정을 모르니까요. 그리고 원래부터 우리에게 자금이 있는 줄 아는 사람들이니, 자금표만 보여 줘도 혹할 겁니다. 일본은 부자 나라이니까요."

"내가 바라는 바가 바로 그거라네."

"하면 얼마짜리 자금표를 마련할 수 있겠습니까?"

"하하핫, 쓰지도 않을 돈인데 액수야 무슨 상관이 있겠나?"

오랜만에 웃음을 띠는 것으로 보아 얼마가 필요하든 상관없이 준비할 수 있는 듯했다.

'하긴 애초부터 나와는 다른 길을 걸어왔으니…….'

비록 동급에 해당하는 직책이라고는 하나 야쿠자들의 세계에서도 성골과 진골의 차이는 분명히 존재했다.

혼토는 성골이고 하세가와는 비록 귀화를 했다지만 진골 축에도 끼지 못하는 재일 교포인 것이다.

바로 출신 성분이 문제였다.

그것이 그 혼자 살겠다고 고집을 피우지 못하고 응하는 이유 중 하나다.

둘이서 많은 말을 했지만 결국은 남의 돈으로 돈놀이를 해서 손실된 자금을 복구하자는 얘기다.

한데 그것이 100% 자신할 수 있는 사업이라는 점이 기분을 묘하게 만들었다.

그도 그럴 것이 사업만 시작되면 채 1년도 지나지 않아서 절반 정도는 복구가 될 것이고, 그 자금이 또 새끼를 치면 불과 반년도 되지 않아서 원래의 자금을 회복할 수 있을 것임이 틀림없기 때문이다.

"원하는 액수를 말해 보게."

"마련할 수만 있다면 허세를 한번 부려 보지요. 단번에 끝낼 수 있도록 말입니다."

"사업은 빠르면 빠를수록 좋겠지."

본토에서 언제 지시가 내려올지 모르니 꾸물거릴 여가가 없었다.

"그래, 얼마나?"

"2,000억이면 되겠습니다."

"허어, 원래의 금액에 열 배로군."

"그렇지요. 저 역시 200억으로 잡았으니까요."

"그래. 본토에서 교육받은 바대로 그 금액을 기반으로 2,000억 정도 투자를 받아서 시작하기로 했었지."

"가능하겠습니까?"
"가능하네."
"그렇다면 그들과 미팅 날짜부터 잡도록 하겠습니다."
"그래 주게. 나도 서두를 테니."
"알겠습니다."

쫓기다

"얼라리요?"

"왜 그래?"

백미러를 힐끗 쳐다보던 이대훈이 고개를 갸웃하며 뱉어내는 장난 같은 말에 조수석에 동승하고 있던 길은철이 물었다.

"왜긴, 수상해서 그러지."

"뭐가 수상한데?"

"백미러로 뒤를 한번 쳐다봐."

"……?"

백미러의 방향을 자신의 시야에 맞춰 조정한 길은철이 뒤를 살펴보니 한적한 가운데 세 대의 차량에서 나오는 불빛이 들어왔다.

"승합차 한 대하고 승용차 두 대가 보이는데?"

"그래, 승합차하고 승용차 한 대가 수상하다고."

"근거는?"

"양지인터체인지에서부터 따라붙었으니까 그러지. 한 대는 중간 램프에서 올라왔고."

"푸헐! 그렇다고 다 의심하냐? 여긴 지방 도로라 외길이거든?"

"야 담용아, 네가 한번 살펴봐라."

"끄응 야야, 나 무지 피곤하니까 웬만하면 둘이서 해결해라."

이대훈의 말에 뒷좌석에서 곤히 자고 있던 담용이 몸을 뒤척이며 반대편으로 드러누웠다.

담용이 이대훈의 조에 편승한 것은 세 명의 인질과 50만 달러를 교환하기 위해서이기도 했지만 실상은 강탈한 물건들을 확인하기 위해 임시로 마련해 놓은 아지트로 가기 위함이었다.

아직 금괴 외에 무엇이 들었는지 완전히 확인하지 못했던 탓에 담용을 비롯한 대원들의 궁금증이 더했기 때문이기도 했다.

더불어 채권이 됐든 현찰이 됐든 어떤 식으로든 조속한 시일 내에 처분을 해 버려야 마음이 놓일 것 같아서였다.

이는 담용이 가지 않으면 해결이 안 되는 일이었다.
“젠장, 은철이 네가 처음부터 보지 않았으니 알 턱이 없지. 에라, 조금만 더 가 볼 테니까 잘 살펴봐.”
“알았어.”
야시경을 꺼내 쓴 길은철이 아예 몸을 완전히 비틀어 자리를 잡았다.
“대훈아, 여기가 어디쯤이냐?”
“안성 공도면.”
“경부고속도로로 탈 거지?”
“거기로 가야 찾기 쉬우니까 당연하지. 또 그 길밖에 몰라.”
“하긴…… 황간 IC에서 빠져야 하니 그 길밖에 없긴 하지. 어? 승용차가 승합차를 추월했다.”
“그건 아까부터 그랬어. 조금 있으면 승합차가 추월할걸. 일행이 맞는 것 같은데 아닌 척하는 것 같아서 말이야.”
“그래?”
“응.”
“알았어. 잘 살펴볼 테니까 운전이나 잘해.”
이대훈의 말에 길은철이 그제야 호기심이 동하는지 조금 진중해졌다.
잠시 후, 이대훈의 말대로 길은철의 눈에 승용차가 뒤로 빠지면서 승합차가 앞으로 나서는 것이 보였다.

"어라? 이번에는 승합차가 앞섰어."

"곧 경부고속도로니까 놓치지 말고 잘 보고 있어."

"야야, 휴게소 좀 들러라."

"안 돼."

"왜?"

"천안까지는 그대로 달려 봐야 놈들의 의도를 알 수 있으니까 그러지. 그리고 이 시간에 휴게소에 가 봐야 아무것도 없다구. 다들 퇴근했을 테니까."

"쩝, 그러네."

길은철이 대시 보드에 달린 시계의 시간을 확인해 보니 새벽 세 시가 다 되어 가고 있었다.

"젠장, 날이 훤하게 새서 도착하겠구먼."

"난 도착하면 잠이나 실컷 때려야겠어."

"헐! 그럴 시간이 있으려나?"

"아니, 왜 없어?"

"담용이가 같이 가는 걸 몰라서 그래?"

"아! 이런 젠장 할……. 죽어라 작업을 해야 되겠군."

"뭐, 죽기까지야……. 금괴가 좀 무겁긴 하지만 도착한 애들도 있잖아."

"서울로 올라갈 때는 네가 운전해. 난 잠이나 잘 테니까."

"그러지 뭐. 얼라라, 또 바뀌었다!"

"이번엔 승용차가 앞이야?"

"응. 차량이 별로 없으니 대번에 표가 나는구먼그래. 아참, 지금 시속 몇 킬로로 달리고 있냐?"

"100!"

"100이라고?"

"응, 근데 그건 왜 물어?"

"속도를 맞춰서 따르는 걸 보면 어째 대놓고 따라오는 것 같아서 그래."

"쳇! 아둔하긴. 그걸 이제야 알았냐?"

"알고 있었냐?"

"알았으니까 수상하다고 여겨서 너더러 지켜보라고 했지. 생각을 해 봐. 차량도 거의 없는 야심한 시각에 고작 시속 100킬로로 달릴 뿐인데 추월해서 달리지 않고 지들끼리 앞서거니 뒤서거니 하며 쇼를 한다는 게 말이나 되냐고? 그것도 두 시간이 다 되도록 말이야."

"그래, 나도 바로 그 점이 의심스러워서 물었던 거다."

"몇 명이나 탄 것 같아?"

"글쎄다. 시커멓게 코팅을 했는지, 야시경에도 안 나타나서 잘 모르겠다."

"일단 꽉 찼다고 보면 몇 명일 것 같아?"

"글쎄다. 승용차를 한 패거리로 본다면, 기껏해야 다섯 명일 테고, 승합차는 많아야 열 명 내외라면…… 도합 열다섯 명?"

"쳇! 많기도 하네."

그렇게 의심을 해 가면서 달리는 사이 어느덧 이정표가 황간 톨게이트를 가리키고 있는 지점까지 왔다.

그런데 길은철이 무슨 생각이 들었는지 조금은 심각한 어투로 입을 열었다.

"대훈아."

"왜?"

"만일을 모르니까 지금이라도 저놈들이 야쿠자라는 전제하에 움직여야 할 것 같지 않냐? 고속도로야 가끔 차량도 지나다니고 교통 카메라도 있어서 놈들도 어쩔 수 없겠지만 자칫 황간 톨게이트를 나서기라도 하면 행동에 나설 수도 있잖아? 거긴 정말 지나다니는 차량도 별로 없는 황량한 곳이라고. 도로도 왕복 2차선이라 일이 터지면 빼도 박도 못해."

'엉? 그, 그러고 보니…….'

듣고 보니 충분히 가능성 있는 이야기라 여겼는지 이대훈이 대뜸 말을 받았다.

"젠장, 담용이 깨워라."

"어, 그래."

탁탁탁.

"야야 담용아, 일어나."

"우웅, 나 좀 내버려 두라니까 그러네."

"이 자슥, 엄청 피곤한 모양이네. 인마, 지금 비상상황이라구!"

"비상은 무슨? 정 불안하면 종석이에게 전화해서 마중 나오라고 하면 되잖아?"

"씨파야, 곧 황간 톨게이트데 그럴 시간이 어딨어?"

벌떡!

"뭐? 벌써?"

"새끼, 하는 꼴을 보니 자는 척하면서 우리가 한 얘기를 다 들었구먼."

"아, 자슥들이…… 잠도 못 자게. 인마, 그렇게 큰 소리로 떠드는데 안 들리면 그게 더 이상하지."

담용이 기지개를 한껏 켜면서 물었다.

"근데 정말 추적해 오는 것 같아?"

"응, 100프로 장담할 수 있다."

"담용아, 대놓고 쫓고 있다고 보면 된다."

"황간휴게소는 지났냐?"

"아니, 곧 팻말이 보일 거다."

"그럼, 거기서 멈춰."

"뭐? 휴게소가 더 위험하지 않겠냐?"

"이런 닭대가리들 같으니……. 얌마, 우리 부대가 어디였냐?"

"그야……. 아아, 그, 그래, 여긴 우리 훈련 장소 중 한 군데였지!"

"마, 맞다! 왜 그걸 몰랐지?"

"썩을 놈들. 홈그라운드를 그새 잊다니, 이것들이 제정신이야?"

"하하핫. 미안, 미안. 쫓는 놈들을 생각하다 보니……."

"나도 미안타. 하지만 이 지역은 자주 이용한 곳이 아니었잖아?"

"근데 휴게소에서 어쩌려고 그래?"

"어쩌긴? 곧장 산을 타고 가는 거지."

"뭐? 이 밤중에?"

"이런, 제기랄! 막판에 와서 또 고생을 해야 돼?"

"거의 다 왔는데 뭘 그리 겁내?"

"이봐, 우린 나침반도 없다구."

"맞아, 시계로 맞출 수도 있겠지만, 지금은 태양이 없는 밤이라 맞출 수도 없다구."

"거참, 말들 많네. 야시경도 있고 헤드 랜턴도 있잖아? 그리고 여기가 황간휴게소면 나침반이 없어도 목적지까지 충분히 갈 수 있으면서 뭘 그래?"

"좋아, 그건 그렇다고 쳐. 놈들이 끝까지 쫓아오면 밤새도록 헤매고 다녀야 할 텐데 당장 먹을 게 없잖아?"

"걱정도 팔자다. 은철이 네가 굶어 죽기 전에 상황이 끝날 테니까 걱정하지 않아도 돼."

"재들은 열 명이 넘는다고."

"푸헐! 산에 오를 준비도 안 되어 있는 놈들일 텐데 뭔 걱정? 저놈들이 우리가 산을 타리라고 생각했을 것 같아?"

모르긴 해도 급조한 추적 팀일 것이 분명하다면 산을 타는 장비까지 갖추고 있지는 않을 것으로 봤다.

"더욱이 캄캄한 산이라면 엄청 고생할걸. 우리야 몸에 밴 산이지만 말이야."

"크크큭, 맞아, 지리도 잘 모르는 상태에서 정장에다 구두를 신고 산을 타기는 절대로 쉽지 않지."

"야야, 놈들이 권총을 가졌다는 걸 잊었어? 까닥하다간 끽이라고."

"우리에겐 3연발 석궁이 있잖아?"

아직 임무 중이라 무장을 완전히 푼 상태가 아니어서 그 점은 다행이라 할 수 있었다.

"쳇! 그럼 차는 어떡하고?"

"훗! 놈들이 이 차를 가져가 봤자 증거가 될 만한 건 아무것도 없다. 차 번호도 가짜고 차대 번호도 깡그리 지워 버렸으니 괜찮아. 장 사장이 그런 차만 골라서 여수로 몰고 갔으니까. 단, 혹시 모르니 지문은 지워야 할 거다."

"여태 장갑을 벗지 않고 있었는데 지문이 묻었을 리가 없지. 우리보다 담용이 너나 머리카락이 떨어졌는지 잘 살펴봐라."

"나도 비니beanie를 쓰고 있거든."

그러고 보니 세 사람 모두 두건처럼 두르는 모자인 비니를 쓴 데다 야시경 대신 헤드 랜턴을 끼고 있었다.

비니는 여차하면 복면으로 쓰려는 용도였다.

“그래도 모르지. 저놈들은 일본 놈이라구.”

“에구, 알았다.”

담용도 혹시나 하는 마음이 있었기에 등받이를 샅샅이 살피며 증거를 인멸했다.

“악에 받친 놈들인데 무슨 짓인들 못 하겠냐? 눈에 뵈는 게 없는 놈들이라 DNA 검사라도 하겠다고 난리 법석을 칠 게 분명할 텐데.”

맞는 말이었다.

인질 교환 비용인 500만 불 따위와는 비교도 되지 않는 금괴를 탈취당한 상황이니만치 조그만 단서라도 잡기 위해 발악을 해 댈 것이 빤했다.

“어련하려고? 깨끗이 해 놨으니 제아무리 발악해도 소용없을 거다. 그러니 안심해. 빨리 떠날 준비나 하라고!”

담용의 재촉에 두 사람은 장비를 주섬주섬 챙겨 착용하기 시작했다.

50만 불이 든 등산용 가방은 담용이 짊어졌다.

1만 불이 50다발이라 꽤나 묵직했지만, 담용은 별로 개의치 않았다.

“준비됐냐?”

"그래, 난 준비 완료!"

"나도."

운전대를 꽉 쥔 이대훈의 질문에 담용과 길은철이 대답했다.

"놈들이 총을 마구잡이로 쏴 댈 수도 있으니, 내리는 즉시 튄다."

"알았어."

"걱정 마라."

"아, 방향은 담용이 잡아."

"그러지."

"진입한다! 꽉 잡아!"

꾸우우욱. 쿠울럭! 부아아아앙-!

이대훈이 별안간 액셀을 밟으며 속도를 올리자, 차량이 들썩하면서 쏜살같이 내달려 단번에 황간휴게소로 진입해 들어갔다.

슬쩍 돌아보는 길은철의 눈에 질세라 황급히 따라오는 승용차가 보였다.

뒤따르는 승합차 역시 속도를 내는 것은 마찬가지였다.

야쿠자들의 추적임이 확실해지는 순간이었다.

"개쉐이들, 역시나 한패거리였어."

"한패든 두 패든 상관하지 말고 내릴 준비나 해."

끼이이이익-!

이대훈의 말이 끝나자마자 요란한 브레이크 소음이 나면

서 차가 멈춰 섰다.

휴게소 끄트머리에 있는 주유소 앞이었다.

"빨리 내려!"

벌컥. 벌컥.

차 문을 열자 타이어 타는 냄새가 물씬 풍겼다. 아마도 진하게 새겨진 스키드 마크 때문이리라.

"백화산 쪽으로 간다."

"으이그, 지겨워."

"백화산? 썩을……."

"잔말 마라. 혹시라도 눈먼 총알에 맞지 않으려면 빨리 따라와."

'씨불, 제대한 지가 언젠데…….'

그러나 가지 않을 수도 없다.

등 뒤로 연거푸 들려오는 브레이크 소음에 놀란 발이 절로 재게 놀려지고 있었다.

'씨불 넘들. 어디 한번 혼 좀 나 봐라.'

슬쩍 돌아본 길은철의 시야에 승합차와 승용차에서 떼거리로 내리는 사내들이 들어왔다.

"앗! 오야붕, 저 자식들이 산으로 도주하고 있습니다!"

"이런, 빌어먹을……."

비명을 지르듯 황당해하는 부하의 말에 담용 일행을 이제다 잡아 놓은 쥐라고 여겼던 아키라가 멈칫했다.

"오, 오야붕, 우린 아무런 장비도 없습니다."

'씨파…….'

바로 그 때문에 멈칫한 것이다.

체면을 세우기 위해 곧 죽어도 까만 정장에 까만 구두를 신은 차림새다.

부하들 역시 별반 다름없는 차림새.

속국 2등 국민이었던 조센징에게는 1등 국민으로 보여야 하는 체면으로 인해서다.

그러나 이래서야 추적은커녕 산언저리에서 놀다가 오는 것조차 버겁다.

게다가 놈들이 향하고 있는 산은 여인의 아미 같은 초승달만이 너부죽이 기울고 있는 첫새벽의 산중이라 얼핏 보기에도 먹물을 칠한 것처럼 새까맣다.

들어서면 더 새까말 것이고 보면 그 즉시 방향을 잃고 헤매기 십상임을 누구라도 알 수 있는 일이었다.

더군다나 아무런 장비도 없이 진입한다는 건 마치 거대한 곰 아가리로 들어가는 것이나 진배없는 위험천만한 일이었다.

생각지도 못한 의외의 난관에 봉착한 아키라는 망설이지

않을 수 없었다.

한주먹거리도 안 되는 놈들이 무서워서가 아니다. 산행 준비가 전혀 되어 있지 않는 것은 물론 자신과 부하들이 산을 타 본 경험조차 별로 없다는 점이 발목을 붙잡고 있었다.

그렇게 머뭇거리며 망설이는 아키라의 뇌리로 오야붕인 혼토의 불호령이 천둥처럼 터져 나와 등을 떠밀었다.

—기필코 잡아 와! 아니면 근거지라도 알아 오란 말이다!

움찔.

저도 모르게 따뜻한 기운이 빠져나간 것처럼 전신에 오한이 찾아들었다.

'육시랄!'

놈들이 산으로 도주하는 바람에 놓쳤다는 변명을 들어 줄 리가 만무한 혼토 오야붕이다.

이게 바로 조직 사회가 낳은 폐단 중에 가장 지랄 맞은 경우라 하겠다.

'윗대가리'의 손짓 하나에 '쫄따구'는 저 멀리서 방울 소리도 요란하게 뛰어다녀야 함은 물론 뚝 내뱉은 한마디에도 죽어나야 하는 신세인 것이다.

게다가 지레 겁을 먹은 아키라 자신이 더 큰소리를 친 바가 있다 보니 놈들을 놓쳤다가는 손가락이 성하지 않을 것은 불문가지다.

입이 방정이 되어 실패에 대한 처벌이 더 무거워졌다.

'제길, 내가 미쳤지.'

자칫 실패라도 하는 날에는 손가락을 자르는 단지로도 모자랄 것 같았다.

그러나 선뜻 추적하기가 주저되는 것 역시 자연스러운 일이라 망설임이 길어졌다.

그런 아키라의 눈에 추적을 위해 혼토 오야붕이 붙여 준 요시다의 모습이 들어왔다.

요시다 역시 난감해하기는 마찬가지인 눈치다.

하나 추적을 위해서는 그를 믿을 수밖에 없다.

'쩝, 그나마 요시다가 있다는 게 다행인가?'

예상치 못한 난관에 봉착하긴 했지만 추적에 일가견이 있는 부하가 있다는 게 그나마 위로가 됐다.

얼마나 도움이 될지는 모르겠지만, 난감해하는 눈치로 보아 추적을 한다고 해도 해변에 뿌린 한 줌의 모래를 찾는 격이나 다름없을 것이다.

그래도 안도가 되는 부분은 있었다.

'설마하니 고작 세 명에게 무슨 일을 당하진 않겠지.'

혼토 오야붕의 닦달보다 그 점이 더 추적을 결정하는 데 도움이 됐다.

즉, 놈들을 쫓느라 고생은 하겠지만 부하들의 피해는 없을 것이라는 점이 아키라의 마음을 놓이게 한 것이다.

사정이야 어찌 됐든 지금은 자신의 책임하에 있는 부하들이다 보니 안전 또한 무시할 수는 없는 일이었다.

아무튼 그렇게 잠시 망설이는 사이 담용 일행은 점점 더 시야에서 멀어져 가고 있었다.

이판사판인 상황. 결정을 지어야 했다.

"오카다!"

"핫, 오야붕!"

"애들에게 무장이란 무장은 다 갖추고 신발 끈을 단단히 조이라고 해! 플래시도 모조리 챙겨! 아! 지도부터 가져와!"

"핫!"

"오자와!"

"옛, 오야붕."

"너는 오야붕께 이곳을 알려 드려라."

놈들의 은신처가 근처에 있을지도 모르는 일이라 향후의 추적에 참고가 되어야 하기에 하는 말이다.

"알겠습니다."

"그리고 견인차를 불러서 놈들의 차를 사무실로 끌고 가!"

"하이!"

'씨파! 차를 조사해 보면 뭐라도 나오겠지.'

추적의 실마리에 대한 일말의 여지라도 생겼으니 추적에 실패한다고 해도 희망이 전혀 없지 않다는 것이 위로가 됐다.

"요시다, 뭘 꾸물거려! 앞장서지 않고!"

"핫! 가, 갑니다!"

난감하기는 요시다도 마찬가지였던지 멍청하게 서 있다가 아키라의 고함을 듣고서야 앞으로 나아갔다.

"후욱! 훅! 제길, 제대한 지 얼마나 됐다고 그새 숨이 차네."

"지랄! 백화산을 등반하는 것도 아니고 고작 곁가지 줄기를 타는 걸 가지고 벌써 숨이 차냐?"

이대훈이 숨을 가쁘게 쉬며 힘들어하는 걸 보고 뒤따르던 담용이 핀잔을 주었다.

"야! 네 녀석이야 원래 인간 같지 않은 놈이니 상관없겠지만, 나같이 순수한 인간은 이게 정상이라고."

"그래, 네가 세상에서 제일 순수한 인간임을 알아줄 테니 빨리 올라가기나 해. 굼벵이도 너보다는 낫겠다."

"씨불…… 넘."

"야야, 담용아, 너무 몰아붙이지 마라. 말이야 바른말이지. 공룡 등골처럼 순 돌덩이만 있는 산이 무슨 백화산이야? 누가 지었는지 작명 센스가 참 지랄 같잖아? 차라리 백악산이라면 모를까?"

"대훈이 네 말이 바로 내가 하고 싶은 말이다. 훈련 때도 여기만 오면 유독 바위가 많아 대원들이 고생한 기억이 지금도 잊히지 않는다."

이대훈과 길은철의 말대로 신록이 한창인 나뭇가지들이 우산처럼 펼쳐져 있는 데다 주변은 온통 큼직한 바위투성이였다.

게다가 별로 높지 않은 산임에도 불구하고 급경사를 이룬 곳이 많아 걸음을 무디게 하고 있었다.

"근데 이름에 꽃 화華자가 들어간 산인데, 꽃을 별로 못 본 것 같거든. 대훈아, 그렇지 않냐?"

이 말에 담용이 대신 말을 받았다.

"으이그…… 무식한 놈."

"뭐? 내가 무식하다고?"

담용이 이죽거리는 말에 길은철이 발끈했다.

"인마, 알려면 제대로 알어, 짜샤. 앞에 자가 흰 백 자면 하얀 꽃이잖아? 그게 뭘 뜻하겠냐?"

"난 알지."

"대훈이 네가 말해 봐."

"눈이겠지. 눈꽃 말이다."

"그래, 겨울에 눈이 내리면 백화산 정상의 산봉우리가 마치 하얀 천을 씌운 것처럼 보인다고 해서 붙여진 이름이지.

그런데 난데없이 웬 꽃 타령이야?"

"제길. 그래, 니 팔뚝 참 굵다."

"짜샤, 그걸 이제 알았냐?"

"쳇!"

"뭐, 바위투성이라서 그런지 엄폐물로는 그만이라 야쿠자 놈들이 총을 쏘고 싶어도 쏘지 못하는 게 그나마 장점이네."

"그러고 보니 정말 그러네. 안 그러면 마구잡이로 총질을 해 댈 놈들인데……."

"방심하지 마라. 여기서 총질을 해 댄다고 해서 누가 알기나 하겠어? 그러니 눈먼 총알에 맞지 않도록 주의해."

"젠장, 그렇게 생각하니 우리가 위험천만한 장소로 온 셈이 되잖아?"

"낮이라면 그랬겠지만, 지금은 한 치 앞도 잘 안 보이는 밤이니 괜찮아."

"하긴 우리도 헤드 랜턴이 없었다면 많이 곤란했겠지."

여수신항 작전을 위해 준비해 뒀던 작전 도구가 요긴하게 쓰이고 있는 셈이었다.

세 사람에 비해 야쿠자들이 간혹 비추는 불빛은 제멋대로 춤을 추는 것으로 보아 헤드 랜턴이 아닌 손전등임이 분명했다.

손전등을 드느라 한 손이 묶였으니 자연 산행에 지장을 많이 받을 수밖에 없는 조건이다.

"근데 이대로 계속 산등성만 탈 거야?"

"당분간은."

"그다음엔?"

"당연히 아니지."

"생각해 놓은 게 있어?"

"응, 쫓아오는 놈들이 제풀에 나가떨어지게 하려고 일부러 그러는 거다."

"처리해 버리게?"

"그래야 하지 않겠어? 놔두면 두고두고 귀찮게 할 놈들인데, 쪽수도 줄일 겸 말이야."

"쯧쯔쯔…… 제구실을 못하는 불쌍한 놈들이 또 줄줄이 생기겠구먼."

담용의 모지락스러움은 대원들이라면 다 알고 있었다.

최소가 사지 중 하나가 부러지는 것이고, 그렇지 않으면 중상 바로 직전의 상태다.

어떤 수를 썼는지 묘하게도 전신이 망신창이가 된 걸레처럼 보이는 것이 필시 중상임이 분명할진대 제 발로 걷고 제 손으로 밥을 떠먹는 걸 보면 중상이라고 보기도 어려웠다.

하지만 장담하건대 절대로 제구실을 하지 못한다는 것에 손가락이라도 걸 수 있다.

이러니 이대훈이 그 잔인함에 혀를 찰 수밖에.

'쯧! 담용이 저 자식은 일본의 일 자만 들어가도 경기를 일

으킨다니까…….'

더군다나 야쿠자들이니 오죽할까?

까닭을 모르는 것은 아니지만, 조금 지나치다 싶을 때도 있기에 하는 생각이다.

'하기야 나 역시 주는 거 없이 얄미운 놈들이긴 하지.'

"대략 두 시간 정도 달고 다니다 보면 지쳐서 쓰러질 테니 그때 손을 봐 주자고. 그러니 적당히 간격을 유지하면서 가도록해."

"잔인한 놈."

"짜샤, 총을 든 놈들이 더 잔인하지 내가 왜 잔인해?"

"그건 담용이 말이 맞다. 석궁보다야 총이 훨씬 더 위험하지."

"에구, 알았다. 하여간 저놈들도 태천이처럼 뇌가 근육으로 뭉쳐진 모양이다."

"뭔 말이야?"

"생각을 해 봐. 도망가는 우리도 산을 탈 생각을 못 했는데 야쿠자 놈들이라고 생각했겠어? 십중팔구 아무런 장비도 없을 텐데 무작정 추적해 오니 하는 말이지."

"뭐, 틀린 말은 아니다만, 아까도 말했지만 악만 남은 상태니 당연한 거다. 근데 태천이 걔가 무식하다는 소린 또 뭐냐? 우리에겐 없어서는 안 될 전기 기술잔데."

"전기 기술자면 뭐해, 뻑 하면 주먹 자랑하고 심심하면 근육을 내보이면서 힘자랑이나 해 대니까 그러지."

"하하하, 지나치게 심한 근육질이 명석한 두뇌를 가리는 격이구먼."

"어? 그것도 말 되네."

"크크큭, 대훈이 저놈 저거……. 한때 권지민 중사와 다니더니 질투가 나나 보다. 태천이 놈을 까 내리는 걸 보니 말이야, 쿠쿠쿡."

"뭐, 뭐야? 내, 내가 질투를 한다고?"

"하하핫, 그럼, 아니냐?"

"씨부랄 놈아! 내가 왜 그따위 무식하기만 한 놈을 질투하냐? 흥! 어림도 없다, 짜샤."

"헐! 그 자식, 아니면 말지 괜히 성질내고 지랄이네. 솔직히 네 녀석이 권지민 중사와 같이 붙어 다닐 때 좋아하는 감정이 생겼을 수도 있다고 우리 전부가 그렇게 생각했었어, 짜샤."

"이런 육시랄! 그거야 업무 땜에 어쩔 수 없이 같이 다녔던 거지 누가 좋아해서 같이 붙어 다닌 줄 알아? 이것들이 다 알면서 생사람을 잡네. 더러븐 놈들 같으니."

"너, 아직 권 중사 못 봤지?"

"보긴 뭘 봐? 볼 시간이라도 있었어?"

"석원이가 그러는데 엄청 예뻐졌다고 하더라."

"그거야 제대하고 뽀샤시를 몇 번 하다 보면 확 달라지는 게 여자니까 그렇겠지. 그리고 난 권 중사가 아무리 예뻐도 진짜로 관심 없다니까. 내 스타일도 아니고…….”

“알아, 인마. 너…… 돌아가면 예뻐진 권 중사를 보고 놀라지나 마라.”

“푸헐! 이거야 원……. 예뻐 봤자 그 얼굴에 햇살 아닌가?”

“후후훗, 짜식. 태천이 앞에선 그런 말 하지 마라. 한판 뜨자고 달려들지도 모르니까.”

“빙신아, 난 사실을 사실대로 말했을 뿐이다.”

그때다.

탕! 탕! 탕!

난데없이 총성이 들려왔다.

탕탕탕!

산발적이던 총성에 이어 연발성의 총소리까지 들렸다.

“엉?”

“어, 엎드려!”

피융. 피융. 피융. 퍽. 퍽. 퍽.

세 사람의 귓전으로 총탄이 내는 파공성이 선명하게 들려옴과 동시에 바위에 맞는 소음 그리고 연이어 후드득하고 먼지까지 이는지 흙냄새가 풍겼다.

“아니, 이 새끼들이! 함부로 총질을 해 대네.”

툭툭툭.

"진정해! 불빛을 보고 마구잡이로 쏴 보는 걸 거야. 봐라. 엉뚱한 곳에 박혔잖아. 그래도 모르니 랜턴부터 끄자."

"그, 그래."

여린 달빛에 의지한 사격이 제대로 명중되기는 지난한 일이기는 하지만, 마구잡이로 발사할 경우 일진이 사나우면 유탄이 날아들 수도 있어 조심해야 했다.

두 사람이 서둘러 헤드 랜턴의 불빛을 지우자 담용이 물었다.

"은철아, 여기가 어디쯤인 것 같냐?"

"황간 톨게이트가 보이는 걸 보니 대충…… 우리가 늘 휴식을 취했던 굴봉 쪽 방향인 것 같은데……. 너무 깜깜해서 정확한지는 모르겠다."

"아냐, 내 생각에도 그런 것 같다."

"이 위치에서 톨게이트가 보인다면 대충 감이 잡히긴 하는데…… 동선이 문제군."

"네가 생각하고 있는 동선을 말해 봐."

"남쪽으로 조금 더 내려가서 서송원리로 빠지는 게 빠르지 싶다."

"그래, 서송원리에 도착하면 돈대리는 금방이지."

세 사람의 목적지가 바로 돈대리여서 하는 말이었다.

"그럼 서두르자. 난 배가 고프다 못해 곧 등짝에 붙을 것 같다."

"초콜릿이라도 먹어."

"으으…… 달달한 건 이제 신물이 난다. 난 지금 얼큰한 매운탕 같은 걸 먹고 싶단 말이다."

"그럼 조금만 참아라. 곧 실컷 먹여 줄 테니까. 대훈아, 은철이랑 먼저 가라."

"응? 너는?"

"꼬리를 달고 갈 수 없으니 이쯤에서 처리해야지."

"맞아, 여기서 우리가 사라지면 놈들이 구석구석을 뒤지고 다닐 거다. 그렇게 되면 기껏 마련한 아지트를 포기해야 할지도 몰라."

"딩동댕. 정답이다."

"야, 농담하지 말고 혼자서 괜찮겠어? 열 명도 훨씬 넘어 보이는데……."

"산악전이라면 자신이 있으니까 걱정일랑은 접어 둬."

담용 본연의 피지컬과 신체의 감각만으로도 충분한 데다 차크라의 기운까지 있으니 위험할 일은 없을 것이다.

그렇다고 한밤의 대학살처럼 홀로코스트Holocaust를 벌일 생각은 없다. 이번에는 그저 적당히 주물러만 놓을 작정이다.

"하긴…… 야쿠자들이 산악 훈련을 받았을 리가 없지."

"바로 그거야. 놈들이 뭣도 모르고 지옥문에 들어선 거지."

"큭! 좋아, 돈 가방은 내가 맡지."

"옛다. 대신 네 색sack을 좀 비우고 내게 줘."
"빈 색은 뭐하게?"
"위험한 장난감은 수거해야지."
"아, 그러네."
돈이 든 등산 가방을 벗어 준 담용이 내용물을 비운 이대훈의 색을 대신 멨다.
그러고는 검지를 입에 대더니 귀를 바닥에 바짝 붙였다.
챠크라를 운용해 기운을 귀로 집약시킨 담용의 감각에 급하게 걷는 발소리가 요란하게 들려왔다.
오관을 통해 인식할 수 있는 담용의 감지 지각 영역은 대충 사방 100m 내외였다.
물론 확실하게 재 본 적이 없어 명확하지는 않다.
아울러 지속력과 한계 역시 검증되어 있지 않아 자신조차도 명확한 범위를 모르고 있었다.
'대충 육칠십 미터 후방이군.'
평지라면 모를까 굴곡이 심하고 엄폐물이 많은 산중이라 총을 난사한다고 해도 별로 위험할 것 같지 않았다.
더군다나 소총도 아니고 명중률이 최악인 권총인 바에야.
"어서 출발해."
"알았다. 재들 좀 살살 어루만져 줘라. 갑자기 불쌍한 생각이 든다."
"안 그래도 추적을 포기할 때까지 위협만 가할 생각이다.

이런 산중에서 부상이라도 당하면 정말 위험할 테니까. 더구나 이놈들은 여수의 밀수와 직접적인 관계가 없는 쫄따구들이라 적당히 어루만져 줄 작정이다."

"하긴…… 아무튼 총알에 눈이 안 달린 건 알지?"

"하하핫, 아무렴 알고말고."

"좋아, 수시로 연락하는 거 잊지 마라."

"그러지. 어서 가!"

"조심하라구."

그 말을 끝으로 이대훈과 길은철이 신속하게 현장을 벗어났다.

두 사람이 떠나는 것을 본 담용이 수첩을 꺼내 한 장 찢고는 볼펜을 들었다.

이어서 쪽지에 몇 자 쓱쓱 적고는 반듯하게 접어 위쪽 주머니에 넣었다.

'이제 가 볼까?'

주변을 잠시 살피던 담용이 비니를 복면으로 둔갑시켜 덮어쓰고는 바위 너머로 사라졌다.

Binder Book

호의를 베풀 때 떠나라

'썩을…….'

산으로 들어서자마자 아키라의 표정이 떫은 땡감을 씹은 듯 잔뜩 일그러졌다.

굳이 손전등을 비춰 보지 않더라도 희미한 달빛에 의지하고 있는 산중은 수풀이 우거진 난석 더미다.

벌건 대낮에도 발걸음을 떼기 버거울 지역을 캄캄한 밤에 다니려니 죽을 맛이었다.

그런 환경에도 쪼그려 앉은 요시다가 손전등으로 바닥을 부지런히 비춰 보지만 우거진 나무로 인해 칠흑이 더해진 어둠이라 추적이 결코 쉽지만은 않아 보였다.

마음이 더 무거워져 묻지 않을 수 없었다.

"요시다, 추적이 가능하겠나?"

"아키라 님, 놈들의 발자국이나 흔적이 없는 것으로 보아 바위만 딛고 이동한 것 같습니다."

"바위?"

"예, 능선을 타고 간 게 틀림없습니다."

"……?"

손전등을 들어 바위 능선을 살피던 아키라는 바위들이 줄줄이 이어진 것을 보고는 꼭 공룡의 등줄기를 따라 삐져나온 뿔 같다는 생각이 들었다.

'젠장 할. 거리를 좁히지 못하는 것만큼 고달파질 것 같은 기분이 드는군.'

추적이 썩 내키지 않는 찝찝한 기분이다.

물론 쫓기는 놈들 역시 같은 조건인 이상 여기서 포기할 수는 없는 일이다.

"아! 오야붕, 저 앞에 불빛입니다!"

"엉? 어디?"

"저기…… 위쪽에 불빛이 어른거리는 것이 보이지 않습니까?"

"호오! 요-시!"

오카다가 가리키는 곳을 쳐다본 아키라가 권총을 빼 들더니 대충 어림잡고는 그대로 사격을 가했다.

탕! 탕! 탕!

타깃을 겨냥해서가 아니라 지향으로 위협사격을 가한 셈이었다.

연이어 연발 사격도 가해졌다.

탕탕탕-!

혹시라도 명중된다면 그것만으로 횡재이고, 아니면 말고 식의 순전히 운에 의존한 사격.

당연히 맞을 리가 없다.

어쨌든 조용한 산중에서 일어난 총성은 '짜자작!' 소리를 내며 멀리멀리 퍼져 나간 탓에 졸지에 주변이 소란스러워졌다.

놀란 산짐승들이 달아나는 소리와 날짐승들이 퍼더덕거리는 세찬 날갯짓도 연거푸 들려왔다.

"오야붕, 총소리가 너무 크게 울립니다. 괜찮을까요?"

"새벽 산중에 들을 사람이 어딨어? 빨리 추적이나 해!"

"옛! 모두들 들었지? 플래시를 든 사람이 앞장서고 나머지는 총을 든다! 준비됐으면 출발해!"

"하이!"

오카다의 다그침에 야쿠자들이 겁도 없이 산행을 하기 시작했다.

그러나 야쿠자들은 얼마 가지 않아서 엎어지고 자빠지느라 정신이 없었다.

"어엇!"

철퍼덕!

"아악!"

야쿠자 하나가 발을 잘못 디뎠는지 미끄덩하더니 옆으로 자빠지면서 심상치 않은 비명을 터뜨렸다.

"어? 괜찮아?"

"아아아. 내 발목! 크으윽."

"쯧쯧쯧…… 조심 좀 하지."

동료가 혀를 차면서 다가갔다.

그런데 또다시 '으아아!' 하는 비명이 터져 나오면서 또 한 명의 야쿠자가 낭떠러지로 굴러떨어지는 것이 아닌가.

"또……. 뭐야?"

"오야붕, 긴키가 굴러떨어졌습니다."

"썩을……. 빨리 내려가 봐!"

"옛!"

"젠장 할……."

놈들의 뒤통수는 보지도 못하고 벌써 두 명의 부하가 부상을 입었다.

"염병, 뭐가 이리 험해? 낭떠러지를 조심해라!"

생각보다 심한 경사에다 부하들의 희생까지 생기자 신경이 날카로워진 아키라의 음성에도 점점 날이 서기 시작했다.

"요시다, 제대로 가고 있는 거냐?"

"아직은 알 수 없습니다만, 조금 더 가면 흔적을 발견할 수 있을 겁니다."

"부상자를 수습하는 동안 잠시 멈출 테니, 그사이에 흔적을 찾아봐!"

"옛!"

"오카다, 어찌 됐나?"

"후쿠다는 발목을 삐었고 긴키는 팔이 골절됐습니다."

"제길……. 누구 한 사람 남겨서 데리고 내려가라고 해!"

"알겠습니다."

"빌어먹을……."

이럴 때는 부상자가 가장 귀찮은 존재다. 멀쩡한 전력을 까먹기 때문이다.

"요시다, 출발해!"

"예, 이리로……."

"오카다, 내가 앞장설 테니 넌 중간에 서도록."

"하이!"

"거듭 말하지만 발밑을 조심해라! 출발!"

그렇게 부상자를 수습한 아키라가 부하들을 대동하고 등선을 조금 더 나아갔다.

그러나 산악 행군의 경험이 없어 그런지 벌써부터 대열의 간격이 점점 벌어지고 있었다.

더욱이 행군이 아닌 추적이다 보니 그 정도가 더 심해지고 있었다.

밤의 산악 행군은 의외로 속도가 빠르다. 험한 지형일수록 발을 딛을 곳을 찾아야 하는 긴장감이 자신도 모르는 사이에 속도를 내게 하기 때문이다.

당연히 앞서 가는 자와 뒤따르는 자 사이의 간격이 점점 벌어질 수밖에 없다.

평지에서도 그럴진대 굴곡이 심한 산악 지형에서는 그 정도가 더 심한 편이었다.

자연 맨 후미에서 따라가는 후지타는 선두와의 거리가 생각보다 많이 떨어진 상태였지만 정작 그는 이를 느끼지도 못하고 그저 앞서 가는 엔도의 뒤꽁무니만 보고 열심히 따라가고 있는 중이었다.

손전등을 같은 조의 엔도가 들고 있었기에 뒤처지면 곤란했다. 그래서 부지런히 따라붙고 있는 중이지만 엔도 자체가 한참 뒤로 처진 상태인 것을 알 리가 없었다.

야생이든 조직이든 무리에서 처지면 포식자의 먹잇감으로 전락하는 것은 당연지사다.

다만 그 시간이 언제냐는 것이 문제일 뿐.

"헉! 헉!"

산 중턱을 겨우 올라섰음에도 숨이 턱에 받칠 정도로 힘겨워하는 후지타는 험한 산길에 구두가 몇 번이나 벗겨지는 이중고까지 치러야 했다.

그런 고초를 무려 한 시간이 넘도록 감내하고 있는 중이었다.

"끄응."

이제 한 발을 올려놓기도 힘들어지는 몸의 상태가 한계를 향해 가고 있음이 느껴졌다.

"헉헉. 제길, 좀 쉬었다가 가지, 후욱. 훅."

하지만 엔도가 바위 뒤로 사라지는 것을 본 후지타에게는 그저 희망 사항일 뿐이었다.

그렇게 단내를 내뱉어 가며 서둘러 뒤따라가는 후지타가 바위를 막 돌아설 때였다.

별안간 허공에서 뚝 떨어지는 검은 그림자 하나.

"헉! 누, 누구……?"

"쉿!"

식겁을 하고는 뒤로 주춤 물러나는 후지타의 입술에 손가락 하나가 얹어졌다.

"……?"

퍽!

담용이 후지타의 입에 검지를 대는 순간, 후지타는 의문을 가질 사이도 없이 목덜미에 거센 충격을 받았다.

"윽!"

후지타의 비명이 분명했지만 마치 짓눌린 호흡이 새어 나오는 신음처럼 들렸다.

목덜미나 뒷머리 쪽에는 많은 신경과 신경 가지들이 밀집해 있어서 후지타가 까무룩 쓰러지는 데는 그리 많은 시간이 필요하지 않았다.

이른바 뇌진탕이다.

족히 30분 이상은 편하게 기절해 있을 후지타의 상태다.

죽이려고 마음만 먹는다면 간단한 일이겠지만, 그럴 만한 원한도 없는 데다 애초 사람을 죽인다는 것 자체가 내키지 않아 기절시키는 방법을 택한 것이다.

"후지타, 잘 따라오고 있냐?"

때마침 걱정이 된 엔도가 바위를 돌아 나오는지 불빛이 비치며 후지타를 찾았다.

"어, 가고 있어."

"빨리 와. 많이 떨어졌어."

대답하는 이가 당연히 후지타인 줄 안 엔도가 무심코 대꾸하며 다시 돌아설 때, 역시나 목덜미에 거센 충격이 가해졌다.

빡!

"컥!"

눈을 까집고 쓰러지는 엔도를 부축해 바닥에 눕힌 담용은 품속을 뒤져 권총 두 자루를 꺼냈다.

'무기도 밀항선을 통해 들여왔겠지?'

정식 루트로는 어느 나라든 어림도 없는 일이니 당연한 소리다.

권총을 대하고 보니 이번 여수행에서 강탈한 물품들이 새삼 궁금해지는 담용이다.

'2인 1조인가?'

정확한 인원은 알 수 없지만 야쿠자들의 행태를 보면 단박에 알 수 있는 사항이었다.

일단은 발각될 때까지 후미부터 차근차근 무력화시킬 생각이라 담용의 걸음걸이는 삵보다도 더 은밀해져 그의 신형이 어둠 속으로 사르르 녹아들었다.

보다 은밀해진 발걸음으로 나아가니 곧 다음 차례의 야쿠자들을 볼 수 있었는데, 그들은 앞의 동료들을 쫓아가는 데만 정신이 팔린 나머지 죽음의 사신이 등 뒤로 다가서는 것도 모르고 있었다.

아직은 뒤에 적이 다가오리라고는 생각지도 못하는 그런 상황이다. 자연 후미의 경계는 전무한 상태.

고로 기척도 없이 다가선 담용의 오른손 수도가 목덜미와 뒤통수 중간 어름을 강타하는 것은 여반장이었다.

'퍽!' 하는 격타음에 2인 1조의 후미에 섰던 야쿠자가 비틀거리자 수상한 기척에 뒤돌아보던 사내의 눈이 별안간에 화등잔만 해지는 것이 보였다.

하나 곧 '뻑!' 하는 격타음에 이어 '퍽' 하고 뒤통수의 충격까지 가해지자 비명을 지르기는커녕 신음조차 제대로 흘리지 못하고 신형이 흐늘흐늘해졌다.

아마도 격렬하게 밀려든 고통을 느끼는 순간 곧바로 정신을 잃은 듯했다.

그렇게 마치 돌발과도 같은 기습에 야쿠자 네 명이 '아야'
소리도 못 하고 순식간에 전력에서 제외됐다.

'넷!'

숫자를 세는 순간, 앞서 가는 불빛의 위치를 어림잡은 담용은 능선보다 우뚝 솟아 있는 나무들을 훑어보더니 대뜸 비탈 쪽으로 신형을 날렸다.

이어서 삐죽 튀어나온 나뭇가지에 착지한다 싶더니 곧장 박차고 솟아올랐다.

차크라로 인해 범인들보다 시력이 월등한 담용의 손에 나뭇가지가 잡혔다.

턱! 훌렁-!

나뭇가지를 잡자마자 2단 평행봉을 하듯 채고는 다음 나뭇가지로 건너간 그 즉시 몸을 앞으로 쭉 빼며 날았다.

엄청난 순발력이 없이는 불가능한 몸놀림을 보여 준 담용이 발끝을 이용해 사뿐히 착지했다.

하나 아무리 은밀한 움직임이라지만 기척이 전혀 나지 않을 수 없는 고요한 산중이다.

살랑이는 바람결 같은 기척이었지만 바늘 끝같이 예민한 상태의 사내가 홱 돌아서자 담용과 눈이 딱 마주쳤다.

바로 코끝에 있었던 탓에 사내는 마치 환각을 본 것처럼 눈동자가 일시 몽롱해졌다. 그러다가 퍼뜩 깨어났다.

"헛!"

웬 시커먼 인영의 출현에 뇌가 가장 먼저 떠올린 건 동공을 크게 확대시키는 일이었다.

그다음은 찰나간의 시각 차이로 빨리 소리를 지르라는 명령어였다.

하지만 어느새 다가온 충격에 스스로의 발성인 '누구냐!'가 아닌 강제로 억압된 발성인 '컥!' 하는 신음이 먼저 야쿠자의 입에서 튀어나왔다.

그러나 이 신음은 제법 컸다.

"엉?"

손전등을 든 야쿠자가 얼른 돌아서더니 불을 먼저 비추기보다 권총을 든 손부터 불쑥 내밀었다.

"누구……."

뻐억! 탕-!

담용의 주먹질 한 방에 주둥이가 돌아간 야쿠자가 엉겁결에 방아쇠를 당겼는지 귀를 먹먹하게 하는 총성이 바로 코앞에서 터졌다.

'이런!'

느닷없는 총성에 흠칫 놀란 담용이었지만 가슴을 쓸어내릴 시간도 없이 비탈에 우뚝 선 나무를 향해 몸을 던졌다.

당연히 총기를 회수할 여가도 없었다.

집중사격을 염려한 행동이었다.

턱!

나뭇가지를 잡은 담용이 한 바퀴 빙 돌아 올라서고, 오카다가 빈 자루처럼 쓰러질 때에야 조용하던 산중이 갑자기 시끌시끌해졌다.

"오카다! 무슨 일이야!"

"오야붕, 무라다 조가 총을 발사한 것 같습니다."

"이런! 당했다."

당했으니 단발의 총성으로 끝났을 것이다.

"빠, 빨리 가 봐!"

"핫!"

"모두 오카다를 지원해!"

"옛!"

오카다가 급히 왔던 길을 되돌아가 이내 쓰러진 무라다와 조원을 발견하고는 곧장 소리쳤다.

"오야붕! 무라다 조가 당했습니다!"

"뭐야!"

그 소리를 들은 아키라가 부하들에게 소리치면서 다가왔다.

"모두 주변을 경계해라! 놈들이 우리를 노리고 있다!"

"하이!"

"하이! 경계!"

"오카다, 뒤에 따라오던 조는 어떻게 됐어?"

"아직……. 확인해 보겠습니다."

"이런 멍청한……. 당장 확인해!"

"옛! 후지이, 총을 들고 나를 따라와라."

"핫!"

오카다와 후지이가 급한 걸음으로 후미로 이동할 때 담용도 나무에서 내려와 뒤를 따랐다.

큼직큼직한 바위군이 시야를 가리고 있어 스스로 몸을 드러내지 않는 한 노출될 염려는 없었다.

'돌대가리 같은 놈. 달랑 두 명만 보내면 죽으라는 것과 마찬가지지.'

하나 내심의 생각도 잠시 매끄러운 바위의 허리를 박찬 담용의 신형이 단번에 꼭대기에 올라섰다.

족히 3m 높이는 되지 싶은 바위 위에 올라선 담용의 시선에 오카다와 후지이가 막 바위를 돌아가고 있는 모습이 들어왔다.

타이밍을 재던 담용이 지체 없이 뒤따라가는 후지이를 덮쳤다.

퍽!

떨어지는 기세 그대로 목덜미를 가격한 담용은 신음도 내지르지 못하고 휘청대는 후지이의 권총을 빼앗더니 기척에 놀라 돌아서는 오카다의 턱주가리를 권총 자루로 후려쳐 버렸다.

빡!

"크어억!"

강력한 턱의 충격이 뇌에 영향의 끼쳤는지 뻣뻣한 자세로 넘어가는 오카다다.

'저런!'

뇌진탕 사고를 염려한 담용이 얼른 부축하고는 바위에 기대 눕혔다.

그렇게 하지 않았다면 바닥이 온통 바위투성이라 즉사할 수도 있었다.

놈이 예뻐서가 아니라 자신의 손에 죽는 사람이 생겨서는 꿈자리가 뒤숭숭할 것 같아 손에 사정을 둔 것이다.

또 한 가지 이유는 야쿠자들이 아직 지인들을 해코지하거나 살해한 일이 없어서이기도 했다.

설사 담용이 알지 못하는 사이에 그런 일이 있었다고 해도 살인만큼은 할 자신이 없었다.

하나 앞으로 계속 부딪치다 보면 야쿠자와의 전쟁이 일어나지 말란 법은 없다.

향후의 일이 어찌 될지, 아니 어디로 흐르게 될지는 아무도 모르는 일이었다.

'여섯 명.'

잠깐 사이에 무력화된 야쿠자들의 숫자다.

"오, 오카다—!"

"후지이!"

일이 벌어졌음을 확신한 아키라와 부하들이 득달같이 달려오는 기척이 요란했다.

그사이 담용은 오카다의 주머니에 쪽지를 끼워 넣고 신형을 날려 현장에서 벗어났다.

담용의 신형이 어둠에 녹아들듯이 묻혀 버렸을 때 아키라와 부하들이 몰려들었다.

"허억! 오, 오카다! 정신 차려!"

정신을 잃고 있는 오카다를 발견한 아키라가 고함을 질렀다.

"노마, 후지이를 살펴라!"

"옛!"

"요시다-!"

"옛, 아키라 님!"

"놈들이 근처에 있는 것 같다. 흔적을 찾아봐."

"알겠습니다."

"사카이는 엔도 조를 찾아라!"

"옛, 오야붕!"

"모두 들어라. 놈들이 우리를 노리고 있다. 흩어지지 말고 나를 중심으로 밀착 대형을 갖춰라!"

"하이! 밀착!"

"모여라!"

아키라의 명령에 위기를 감지한 야쿠자들이 잽싸게 한데 모여들어 뭉쳤다.

"아키라 님."

"요시다, 흔적을 찾았나?"

"예, 일단은 한 명이 움직인 것 같습니다."

"뭐? 세 명이 아니고?"

"예, 여린 나뭇가지가 부러진 형태로 보아 한 명이며 나뭇가지에 희미한 흔적이 난 걸 감안하면 나무를 자유자재로 타고 넘을 정도로 굉장히 재빠른 놈으로 여겨집니다."

"뭐라? 나무를 타고 다녀?"

"예, 흔적이 그렇게 말하고 있습니다."

"헐! 놈이 타잔의 후손이라도 된다는 소리야 뭐야?"

"그건 잘 모르겠습니다만, 아무튼 나무와 바위를 이용해 우리를 기습해 꼬리부터 잘라 오고 있는 건 틀림없습니다."

"빌어먹을……. 그렇다면 놈들이 일부러 우릴 유인한 것이란 말이잖아?"

"제가 오늘 놈들의 복장을 처음 봤는데, 꼭 군인 같은 느낌이 들었습니다."

"군인이라고?"

"예, 절대로 일반인이 아닙니다."

"확실해?"

"예. 현역병들이 나서지는 않았을 테니, 아마도 제대한 지 얼마 되지 않은 데다 사회에 나와서 실업자로 뒹굴던 특수부대 출신의 군인들일 확률이 큽니다."

"허어, 특수부대라고?"

듣자니 점점 더 가관이다.

특수부대가 뉘 집 강아지 이름도 아니고 조직폭력배의 일에 웬 군홧발이란 말인가?

"한국은 국민들이 군대에 가는 게 의무인 나라입니다. 당연히 직업군인들도 많고 제대하고 할 일이 없어진 군 출신들도 많지요. 사실 그 때문에 엄밀히 따지고 들면 세계에서 가장 위험한 나라 중에 한 곳이 한국일지도 모릅니다."

"가장 위험한 나라?"

"예."

"난 한국에 대해 잘 알지 못한다. 이유가 뭔지 말해 봐."

"간단합니다. 한국에서 태어난 남자는 나이가 차면 누구라도 군대에 입대해야 하기 때문에 대부분 총기를 다룰 줄 안다고 보면 됩니다. 그것도 작게는 2년 많게는 30년 동안 다뤘을 테니, 그 위험성이야말로 엄청나지요."

"흠, 그래?"

"예. 아마도 지금 갓 입대한 군인들부터 시작해서 내일모레 죽을 날을 받아 놓은 늙은이들까지 치면 그 숫자가 어마어마합니다."

"헐! 끔찍하군."

아키라는 바로 알아들었다.

대번에 드는 생각은 한국인들의 손에 총기가 쥐인다면 그들 각자가 복무했던 세월의 무게만큼이나 익숙한 물건일 것이라는 점이었다.

그것도 그저 아무렇게나 다루는 물건이 아닌 효율적으로 사용할 줄 아는 살상 무기인 것이다.

거기에 전술 전략까지 꿰고 있다면 금상첨화다.

가히 무적이나 다름없는 나라.

그것이 바로 미국이 뻑하면 한국 정부에다 분쟁 지역으로 파병을 요청하는 이유이기도 했다.

언제든 쓰고 싶으면 마음대로 쓸 수 있는 잘 조련된 병력을 보유하고 있다는 것 자체가 화수분이나 다름없는 것이다.

'헐…….'

생각을 하면 할수록 소름이 왕창 돋는 엄청난 나라다.

"만약 총기를 엄하게 다루지 않아 치안이 엉망이었다면……. 헐, 그야말로 끔찍하겠군."

"제가 보기엔 도저히 이해가 안 가는 기적 같은 나랍니다."

"기적이라니?"

"군인이 사격 연습을 하면 탄피가 남습니다."

"그야…… 당연하지."

"탄피가 다 회수될 때까지 밤을 새워서라도 찾는 나라가 한국입니다.”

“가난해서 그래.”

“물론 재활용하려는 면도 없지 않지만, 주된 목적은 안전입니다. 더 놀라운 점은 국민성 자체가 군대에 입대하는 것을 기피도 거부도 하지 않는다는 겁니다. 물론 일부 몰지각한 지도층을 빼곤 말입니다.”

“자네 덕분에 많이 알게 되는군.”

“저도 한국으로 오기 전에 본토에 사는 조선인에게 들어서 아는 겁니다.”

“그렇군. 근데 정말 군인일까?”

“틀림없습니다. 멀리 갈 것도 없이 나중에 풀려난 동료들의 말을 들어 보면 제 말이 맞는 걸 확인할 수 있을 겁니다.”

“으음, 군인이라…….”

정말로 군인이라면 이건 상대할 수 없는 자들이다.

일반인들이 어찌할 수 없는 상대를 두고 추적을 하고 있었다니.

그것도 산속에서 말이다.

자살하기 위한 행동이라면 모를까, 이건 정말 아니다 싶었다.

고로 변명거리가 생겼다고 여긴 아키라가 재차 물었다.

“끄응 요시다, 네 생각에는 어떻게 했으면 싶은가?”

“이런 복장 상태로는 추적하기도 어렵고 상대 역시 군인이 맞는다면 절대 불리합니다. 속히 포기하고 하산하라고 권하고 싶습니다.”

“그래, 내 생각도 그렇다. 하지만 혼토 오야붕의 진노를 생각하면 포기하기도 쉽지 않아.”

“아키라 님, 어렵더라도 지금 당장 내려가는 것이 이롭습니다. 오야붕께서도 우리가 쫓던 상대가 군인이라는 걸 아신다면 화를 내지 않으실 겁니다. 더구나 일부러 우리를 산중으로 유인한 걸 보면, 산악전에 익숙한 군인들 같습니다. 우리가 권총을 가지고 있다지만 그것만으로는 상대를 위협하기는커녕 오히려 화만 돋울 겁니다. 어쩌면 우리는 지금 굉장히 위험한 상태에 직면해 있을지도 모릅니다.”

바로 그 말을 기다렸다는 듯 아키라가 말을 받았다.

“알았다. 곧 날이 밝아 온다. 추적을 포기하고 날이 밝을 때까지 이 자리에서 움직이지 않는다.”

“잘 생각하셨습니다.”

“오, 오야붕!”

“사카이, 엔도 조는?”

“무라다 조처럼 다, 당했습니다.”

“제기랄. 상태는?”

“정신을 잃고 있지만 사지가 멀쩡한 걸로 보아 생명에는 지장이 없는 것 같습니다.”

“아, 알았다. 우리가 그쪽으로 가지. 안내해.”

"옛!"

"모두 사방을 경계하면서 움직인다!"

지시를 내린 아키라가 돌아서면서 중얼거렸다.

"그래도 여수에서처럼 병신을 만들지는 않은 모양이군."

아키라는 비록 같은 소속은 아니었지만 여수에서 납치됐다가 돌아오는 동료들의 몰골을 보고 적지 않게 놀랐었다.

그래서 혼토의 추적 명령이 떨어졌을 때, 만약 부딪치게 된다면 자신들 역시 그만한 피해를 입을 것이라 각오했던 바였다.

한데 의외다 싶게 그리 거친 느낌이 들지 않았다.

그런 느낌은 사카이가 전해 주는 쪽지로 확실해졌다.

"오야붕, 놈들이 쪽지를 남겼습니다."

"……?"

사카이가 건네주는 쪽지의 내용을 읽은 아키라가 요시다에게 건네주고는 머리를 절레절레 흔들었다.

아키라가 본 쪽지의 내용은 이랬다.

호의를 베풀 때 떠나도록.

단 한 줄의 글귀였지만 무엇을 의미하는지 모를 리가 없는 아키라다.

'놈들은 우릴 가지고 놀고 있었어.'

BINDER BOOK

전리품

추풍령 묘목장.

산중의 새벽은 지극히 어둡다.

여의도광장에 공원을 조성할 때 이곳의 묘목을 가져다 꾸몄다고 할 정도였으니, 당시의 규모가 대단했음이야 이루 말할 수가 없을 것이다.

하지만 지금은 옛 영화는 온데간데없이 황폐할 대로 황폐해져 예전의 잘 단장됐었던 모습은 찾아볼 수가 없었다.

무려 26만 평에 달하는 임야다.

그중 3분 1에 해당하는 묘목장이 잡초로 우거져 있어 신록의 계절임에도 을씨년스런 분위기를 자아내고 있었다.

그나마 나머지 3분 2의 면적이 자연 그대로의 모습으로 남아 있어 을씨년스런 분위기를 조금이나마 걷어내고 있었다.

조금 의외인 점은 크고 작은 연수원 건물 2동이 완공을 불과 10%를 남겨 두고 멈춘 상태로 남아 있다는 점이었다.

이는 모두 소유자인 S건설회사가 IMF의 영향으로 자금 유동성에 압박을 받은 결과물이었다.

어둠 속에 우두커니 서 있는 건물로 담용이 그림자처럼 다가서고 있었다.

그때 누군가 속삭이는 듯한 음성이 들려왔다.

"거기…… 담용이냐?"

"어? 누구?"

"나야, 형일이."

"아! 네가 보초냐?"

"응, 무사해서 다행이다."

"당연하지. 대훈이랑 은철이는?"

"조금 전에 도착했지."

"물건을 이송한 애들도 무사히 도착했냐?"

여수에서 출발하긴 했지만 탈취한 차량으로 오던 중 교통 카메라를 의식해 장지만이 미리 대기시켜 놓은 세 대의 차량에 사람과 물건을 분승시켰었다.

더하여 몇 번씩이나 차량을 바꿔 가며 아예 전국을 일주하다시피 하며 빙 돌아온 터라 물어보는 것이다.

게다가 그 많은 양의 물건을 일일이 싣고 내리느라 고생까지 했을 테니 안부를 묻지 않을 수가 없었다.

"그럼, 벌써 도착했지."

"다행이군. 참, 성수병원에서 온 분들은 가셨냐?"

"응, 두 분 다 어제저녁에 올라갔지."

"고생하셨는데 인사도 제대로 못 했군."

"얼굴을 보니 두 분 모두 당연히 할 일을 한다는 표정이던데?"

"그래서 더 미안한 거야. 다들 자냐?"

"웬걸. 너도 오지 않은 데다 혹시 또 몰라서 완전 소등을 하고 있던 참이다. 아마 대훈이랑 은철이만 빼고 다들 눈을 말똥말똥 뜬 채 시답잖은 얘기나 나누고 있을걸."

"이젠 안심해도 돼. 놈들이 물러나는 걸 보고 왔으니까 불을 켜도 이상 없을 거야."

"그래? 아, 알았다."

계형일이 돌아서서 소리를 지르려는 찰나 불빛이 환하게 들어오면서 맨 먼저 심종석의 목소리가 먼저 들려왔다.

"여어! 무사히 왔구나."

"모두가 염려해 준 덕분이지 뭐."

"카하핫, 나는 나보다 더 괴물인 놈인 걸 알기에 걱정도 안 했다."

"하하핫, 태천이 너도 고생했다. 근데 네 피앙새는?"

"지민 씨 말이냐?"

"그럼 누가 또 있어?"

"하하핫, 없지."

"짜식, 곰탱이 녀석이 의뭉스러운 데가 있었다니……. 난 감쪽같이 몰랐잖아?"

"키히히힛, 그렇게 됐다."

"너…… 꽉 눌렀냐?"

"잉? 도장 찍었냐고?"

"그래, 짜샤."

"크흐흠, 그 질문엔 노코멘트할란다."

"푸훗! 인마, 네 표정만 봐도 알 만하다."

"히히힛."

"아무튼 좋겠다. 지민 씨 어딨냐?"

"지금 한창 대훈이랑 은철이 밥 차려 주는 중이지."

"어, 그래?"

"응, 애들 전부 거기 있다."

"에구, 나도 아사 일보 직전인데 잘됐다. 가자."

"그래."

–크흠, 이 새벽에 담용 군이 어쩐 일인가?

"고 회장님, 죄송합니다. 피치 못할 사정이 생겨서 실례를

범했습니다.”

담용은 대한민국에서 황금왕이라고 불리는 고상도 회장의 어투에 언짢아하는 기색이 있는 것 같자 앞에 없음에도 불구하고 머리까지 숙이며 사과를 했다.

-허허, 나무라자고 한 소리가 아닐세. 자네가 이 시간에 전화를 했다면 필시 범상치 않은 일일 것이라 여겨 왠지 기대가 돼서 한 말이라네. 그래 무슨 일인가?

“제가 보기엔 족히 1톤이 넘을 것 같은 금괴가 수중에 들어와 있습니다. 그래서 그걸 처분해…….”

-뭐, 뭣이? 금괴를 1톤이나 가지고 있다고?

“예. 제 생각엔 1.5톤은 될 것 같습니다.”

-헐, 출처는 또 그놈들이겠지?

“예.”

-허어…….

“고 회장님, 속히 처리했으면 좋겠습니다.”

-아, 알았네. 일단 처리부터 해 놓고 자세한 얘기를 듣도록 하지. 거기가 어딘가?

“주소를 문자로 보내겠습니다.”

-알았네. 내가 믿는 애들을 데리고 직접 가서 챙기도록 하지.

“감사합니다. 근데 여기가 산속이라 황간 톨게이트까지 오셔서 연락을 주셔야 할 겁니다. 저희가 마중을 나가도록 하겠습니다.

–알았네. 이따가 보세.

"예."

탁.

건물 뒤편에서 고상도 회장과 통화를 끝낸 담용이 돌아나가자 동료들이 함성을 지르는 소리가 들려왔다.

"우워–!"

"우와아–!"

원인은 강탈한 궤짝들 중 몇 개를 뜯자, 코일처럼 말아 놓은 누런 금괴가 나온 때문이었다.

금괴를 대하는 순간 눈이 툭 튀어나온 대원들이 금괴를 하나씩 들고 신기한 듯 만져 보고 있었다.

"우워어, 이 궤짝에 든 것들이 전부 다 금이란 말이야?"

"허이구야, 골드라니! 궤짝의 무게로 보아 전부 금인 것 같은데, 돈으로 환산하면 모두 얼마야?"

"야야, 우리가 무슨 재주로 저걸 다 세냐?"

"요즘 금 한 돈에 얼마지?"

"글쎄다. 내가 금을 사 봤어야지. 태천이 넌 알아?"

"나도 모르긴 마찬가지지."

"짜샤, 권 중사에게 금반지 하나 안 사 주고 뭐 했어?"

"쩝. 그, 그렇게 됐다."

슬쩍 권지민의 눈치를 보는 정태천을 구한 것은 박영길이었다.

"내가 조금 알아. 아마 요즘은 대략 7만 원쯤 되지 싶은데……."

"자 자, 조용! 광고할 일이 있냐? 너무 시끄러우니 조용히 좀 하자. 응?"

심종석이 대번에 수선스럽게 변한 대원들을 진정시키더니 곧바로 말을 이었다.

"동호야, 금괴는 그만 뜯고 다른 궤짝을 마저 뜯어 봐라."

"알았어. 만희야, 좀 도와줘."

"알았어."

민동호가 오만희와 함께 금괴 궤짝보다 조금 더 큰 궤짝의 뚜껑을 뜯자 비닐 포장이 나왔다.

"이거 뭐지?"

"뭔지는 뜯어보면 알겠지."

오만희가 대검으로 비닐을 쭉 찢고는 일명 '007 가방'이라고 불리는 길쭉한 박스형 케이스를 꺼냈다.

"이거…… 수상한데."

"여기 또 하나 있다."

민동호가 보다 크면서도 같은 모양의 케이스를 건네주고는 궤짝 깊숙이 손을 넣었다.

"얼라? 밑바닥에 웬 자잘한 스티로폼이지?"

"중요한 물건을 포장할 때는 원래 그렇게 해."

"중요한 물건이라고?"

"뭐, 그렇다는 거지. 뭔지 꺼내 봐."

"잠시만……."

궤짝 바닥을 휘젓던 민동호가 말했다.

"이거 손에 잡히는 감각이 몰캉몰캉한데……."

그러면서 하얀 물체를 들어 보였다.

"이, 이게 뭐야?"

"어? 그게 뭐지? 이리 줘 봐라."

심종석이 다가와 민동호에게서 꼭 밀가루같이 보이는 하얀 물체를 받아 들었다.

"혹시…… 마약 아냐?"

"마약?"

"응, 히로뽕 말이다."

"엉? 히로뽕?"

"틀림없어. 이 안에 잔뜩 있어. 얼라? 이건 또 다른 거네?"

민동호가 이번에는 분말이 아닌 덩어리로 된 결정체를 들어 보였다.

"야! 담용아, 이거…… 마약 맞아?"

"그럴걸."

"그럴걸이라니? 이미 알고 있었단 말이냐?"

"대충은."

담용도 알 턱이 없었지만 예전 영등포의 도끼파를 마약 업자로 덤터기 씌울 때 봤던 경험이 있었던 터라 동료들보다 조금 더 익숙했다.

"헐!"

"어? 이거, 이거……. 저격 총 같은데?"

"뭐라? 저격 총?"

"응, 그것도 스나이프 라이플 세트야!"

"젠장. 마약에 이어 이제는 총기까지? 나머지 케이스도 열어 봐라."

"그, 그래."

"담용아, 스나이프 라이플은 네가 와서 봐야겠다."

담용이 다가오자, 심종석이 저격 총을 건네주며 혀를 내둘렀다.

"참나, 별게 다 나온다. 이건 네가 전문이니 한번 봐라."

"나라고 알 수 있나?"

"그래도 여단 대표로 나간 네가 더 잘 알겠지."

"뭐…… 딱 보니까 미군이 애용하는 M24SWS네. 작동 방식은 볼트 액션식이고."

"써 봤냐?"

"하하핫, 난 총을 좀 잘 쏠 뿐이지 저격수가 아냐. 그저 M16만 주야장천 쏴 댔는걸. 여단 사격 대회에서도 마찬가지고. 그런 판국에 이런 고급 기종을 다뤄 봤을 리가 없지."

"이거 신형인가?"

"아니, 미 육군이 표준 저격 총으로 사용하는 거니까 나온 지는 꽤 됐지."
"종석아, 이건…… 전부 권총들인데?"
"뭐? 또 있어?"
텅텅.
"이 케이스에 든 건 전부 권총이라고."
오만희가 케이스를 두드리더니 잘 포장된 권총 한 정을 꺼내 들었다.
심종석이 다가가 살펴보더니 아는 체를 했다.
"어? 베레타잖아?"
담용에게 건네주자, 고개를 끄덕인 담용이 말했다.
"맞아, 베레타 M92FS라고 하지. 오토매틱으로 현대전에서 가장 많이 쓰이는 근접 무기야."
"거참. 이놈들이 전쟁을 하자는 건가? 모두 몇 정이냐?"
"스무 정이 넘는 것 같은데?"
"헐! 권총에다 저격 총까지, 이놈들이 진짜로 전쟁을 하자는 거잖아?"
"만희야, 이 정도 규모면 실탄도 있을 거다. 찾아봐라."
"알았어."
담용의 말에 오만희가 짐작이 가는 나무 박스로 향했다.
"담용아, 이게 무슨 의도 같냐?"
"금괴와 마약은 자금 조달용일 테고 권총은 자위 수단일 수 있다고 쳐도 저격 총은 좀 이해가 안 되는군.”

“그래. 권총이야 본래 공격용이라기보다 방어용으로 개발된 것이니 그렇다고 치자. 아, 이것도 많이 봐줘서 말한 거다. 하지만 저격총은 누군가를 없애려고 반입해 온 것 같은 느낌이라 너무 지나치다는 생각이 든다.”

“두 나라 간에 저격 총이 동원될 만한 사안이 생기기라도 한 건가?”

“글쎄, 거기에 대해서는 문외한이니 뭐라고 말할 게 있어야지. 하지만 만약 그런 일이 생겼다면, 우리도 도쿄로 날아가서 이놈들이 하는 걸 보고 그대로 되갚아 주고 오면 되지 뭐가 걱정이야?”

“흠.”

‘이 기회에 우리도 제도권 내의 권력자 중 하나와 연계할 필요가 있겠어.’

먼저 생각나는 우선순위는 지금 병원에 있을 중년 신사지만 그저 막연한 기대감이다.

그렇다고 생명의 은인이라는 이유로 먼저 찾아가서 SOS를 청하고 싶지는 않다.

기대감은 있지만 아직은 아무것도 알지 못하는 사람이기 때문이다.

중요한 것은 이 기회에 어떡하든 인연을 맺어야 향후에 일이 보다 쉬워질 것이란 예감이다.

"이건…… 내가 한번 알아보도록 하지."

"여단장님을 통해 알아보려고?"

"그분은 정치와 거리가 먼 것을 알잖아?"

"그야……. 하면 아는 사람이라도 있어?"

"어쩌다 인연이 된 분이 있긴 해."

두 번 세 번을 거론해도 핑계를 댈 사람은 중년 신사뿐이다.

"좋아, 그렇게 해. 근데 이것들을 어떻게 처치하지?"

"아, 내가 연락한 곳이 있다. 금괴는 아마 날이 밝는 대로 누가 와서 가져갈 거다."

'그렇겠지.'

심종석은 소스를 제공한 측에서 가지고 가는 것으로 알고 더 묻지 않았다.

"이것도 처리를 해야 할 텐데."

심종석이 대형 캐리어를 가리켰다.

"뭐냐?"

"자물쇠를 부숴서 슬쩍 봤더니 영어로 된 유가증권인 것 같은데, 처음 보는 거라 잘 모르겠더라. 한번 볼래?"

"영어라고?"

"응."

"꺼내 봐라. 나도 좀 보게."

"잠시만……."

'영어에다 처음 보는 것이라고?'

서른 살의 인생에 철들자 군인으로 살아왔을 뿐인 심종석이었지만 그래도 보고 들은 것이 있을 텐데 처음 보는 것이라고 하니 담용도 궁금해졌다.

'단순히 채권인 줄 알았는데…… 아닌가?'

"이거야."

심종석이 두툼한 소형 봉투를 건네주는 것을 본 담용은 단박에 무척 고급스러운 봉투라는 것을 알았다.

봉투가 흔히 쓰는 일반적인 사이즈와 다른 것으로 보아 내용물이 채권 종류로 판단됐다.

이제는 여명을 지나 박명까지 지난 시각이라 날이 훤하게 밝아져 굳이 랜턴을 밝히지 않더라도 사물을 확인하거나 글씨를 보는 데 지장이 없었다.

궁금증이 이는 가운데 담용이 내용물을 꺼냈다.

Certificate of Deposit

한눈에 들어오는 글귀였다.

소위 CD라고 하는 양도성 예금증서였다.

은행의 정기예금에 양도성을 부여한 무기명증권인 것이다.

'호오, CD란 말이지?'

내심 탄성을 지른 담용이 맨 아래에 적힌 글자를 확인했다.

Hongkong & Shanghai Banking Corp.

'엉? 홍콩상하이은행?'

바로 HSBC라는 이니셜을 상호로 하고 있는 은행이다.

당연히 한국에도 지점이 있다.

그것도 서울을 비롯해 광역시마다 지점을 두고 있는 글로벌 은행이다.

"엉?"

갑자기 담용의 눈이 번쩍 뜨였다.

USD 1000,000

100만 달러였다.

그것도 한 뭉치가 100장이라면 무려 1억 달러다.

한화로 환산하면 약 1,200억 원에 가깝다.

"왜 그렇게 놀래?"

"노, 놀라긴…… 고작 양도성 예금증서를 가지고……."

"양도성 예금증서?"

"응, 흔히들 CD라고 하지."

"아, 그건 들어 봤다. 근데 영어라면 외국계 은행인가?"

"맞아, 홍콩상하이은행."

"엥? 중국 은행이라고?"

"아니, 머리글자만 따서 상호를 HSBC라고 한 거지 실제로는 영국 소유의 금융 그룹이야."

"어, 그래?"

"응, 작년에 홍콩을 영국이 반환하기 전까지는 영국 식민지였잖아?"

"아아, 그렇지. 근데 CD라는 게 뭐냐? 내가 알고 있는 CD의 개념과 같은 건가?"

"하하핫, 아닐걸."

"쳇! 그렇게 웃어 버리니 무식이 들통 난 것 같잖아?"

"아, 미안. 우리가 흔히 사용하고 있는 CD라는 용어는 현금 지급기, 즉 Cash dispense라고 하는 말이고 이건 글자 그대로 제삼자에게 양도가 가능한 정기예금이란 뜻이야."

"정기예금?"

"그래, 내가 알기로는 보통 30일에서 270일 사이에 묶어 두는 정기예금 형식의 돈이라는 거지."

담용의 말처럼 양도성 예금증서는 은행이 단기자금을 조달하기 위해 발행하는 증서이고, 또한 양도가 가능한 증서이므로 만기가 되면 은행은 증서 소지자에게 액면 금액을 지급해야 한다.

통상의 최소 금액은 보통 1,000만 원이며 기간은 30일에서 270일 사이에 정해진다.

당연히 무기명식으로 발행되고 할인에 의한 방법으로 이자가 계산된다.

금융 상품이라면 뭐가 됐던 장점과 단점이 있는데, 양도성 예금증서 역시 예외는 아니다.

장점이라면 시중금리보다 높은 금리를 갖는 것과 환금성이 뛰어나다는 것이다.

또한 거액의 거래가 가능하며 가입 대상의 제한이 없다는 점과 양도가 자유롭고 유통시장에서의 매매 역시 가능하다는 것도 장점이다.

그렇지만 중도 해지가 불가능한 것과 잔액 증명서가 발행되지 않는 것 그리고 만기 후에 이자 지급이 안 된다 점은 단점으로 꼽힌다.

"아무나 가서 찾을 수도 있고?"

"가지고 있는 놈이 임자인 셈이니 중개 회사로 가서 제출하면 되기는 한데……. 이번 경우는 현찰로 바꾸기가 쉽지 않을 거다."

"그렇지. 놈들이 신고를 하거나 눈에 불을 켜고 탐문하고 다닐 테니까."

"그래서 뒤꽁무니에서 거래를 해 줄 전문가가 필요한 거야. 그들도 금액 전부를 찾을 수는 없어. 탈취한 것이니 소위 말하는 '와리깡'이라는 걸 해야 할 테니까. 그러니 우리에게는 그림의 떡이지."

"젠장. 이런 데서도 머리 좋고 강단 있는 놈이 돈을 버는군."

"부러워할 것 없어. 우리가 욕심만 부리지 않으면 잘 살 수 있는데 뭔 상관이야? 근데 이거…… 더 있냐?"

"아니, 그런 종류는 그것뿐이다. 나머지는 현찰인데 우리나라 돈도 있지만 대부분은 달러와 엔화야."

"그렇다면 CD만 건네주고 나머지는 우리가 갖자. 우리도 수고비 정도는 있어야 하니, 그걸 가지고 뭐라고 하지는 않을 거다. 그건 내가 책임지지."

"하하하, 횡재한 기분이네. 애들이 좋아하겠다."

심종석이 웃는 이유는 캐리어가 두 개였으니 현금이 꽤 될 것 같아서였다.

"종석이 네가 장 사장의 식구들을 비롯해서 명국성이나 독사 애들까지 인원을 파악해 형평성에 맞게 나눌 수 있도록 해 봐. 그래도 모두 한 다리 걸친 애들이잖아?"

"알았다. 그리고 저 마약이 골치 아픈데 어떡하지?"

"간단한 걸 가지고 골치 아플 게 뭐 있어? 혹시 증거품이 될지도 모르니 샘플만 조금 남겨 놓고 나머지는 전부 태워 버리자고."

"그게 낫겠군. 가지고 있어 봐야 골치만 아픈 물건이

니……. 젠장, 총기도 처리를 해야 하잖아?"

"그건……."

담용의 시선이 장지만에게로 향했다.

"장 사장님, 총기 박스를 책임지고 보관을 좀 해 주십시오."

"그러죠. 그대로 봉인해 놓으세요. 정비소에 창고는 많으니까요."

"엉? 다, 담용아, 어쩌려고?"

"우리도 사용할 때가 있을지 몰라서 그래. 없다면 그때 가서 처리해도 늦지 않아."

"알았어. 자, 이제 얼추 시간도 됐으니 궁금증을 풀어 주기 위해서라도 동료들에게 한마디 해 주지그래."

"알았어."

짝짝짝.

"어이! 모두 주목!"

아직도 금괴를 요모조모 살피느라 넋을 놓고 있는 동료들에게 심종석이 손뼉을 치면서 말을 이었다.

"먼저 모두들…… 짧은 기간이었지만 먼 거리를 오가며 애를 쓴 것에 대해 치하를 하는 바이고, 동시에 고마움을 전한다. 보다시피 이곳에 우리가 평생을 가도 보기 힘든 진풍경이 펼쳐져 있다. 설마하니 이것이 모두 우리 것이라고 여기는 사람은 없겠지? 나 역시도 얼떨떨하기만 하지 여기에 내

몫이 있으리라고는 생각지 않기에 욕심을 가지지도 않는다. 그래서 말인데……."

심종석이 담용을 슬쩍 쳐다보고는 계속해서 말했다.

"애초에 우리가 모이게 된 것과 또 클리어가드를 결성한 것 그리고 이번 강탈 사건 등이 모두 담용이에게서 기인했음을 모르는 사람은 없을 것이다. 그런 담용이 역시 필시 정보가 나온 소스가 있으리라고 본다. 그래서 결과가 이렇게 되고 보니 담용이에게 듣고 싶은 말이 생겼다. 만약 비밀을 유지해야 하는 일이라면 우리가 알아도 되는 내용까지만이라도 얘기를 듣고 싶은 심정이다. 난 이런 생각인데 너희들 생각은 어떤지 모르겠다. 의견이 있는 사람은 말해 봐라."

심종석의 말에 민동호가 먼저 나섰다.

"나도 심 본부장의 의견과 같다. 원래 우리가 모일 때부터 다른 마음을 먹은 적이 없으니 이견이 있을 리가 없지. 그러나 육담용이 하고 싶은 말은 있다면 들을 것이고 없다면 이대로 묻어 두어도 상관없다."

"하하핫, 이런 거금 앞에서 초연하기가 쉽지 않은데…… 민동호 너, 마음에 든다. 다른 사람들은 어때?"

또다시 묻는 심종석의 말에 이번에는 정태천이 나섰다.

"어이, 총괄본부장, 내가 대표로 말하지. 당연하다시피 우린 이견이 없다. 방금 부리더인 민동호가 말한 것처럼 육담용 이 친구가 말해 주면 듣고 안 해 주면 그냥 묻어 두겠다.

어차피 일당도 두둑하게 받았잖아? 난 그거면 충분해. 그런데 뭘 더 바라겠냐?"

일당이란 500만 달러를 두고 하는 말이었다.

실제로 엄청난 돈이라 정태천뿐만 아니라 동료들 모두가 만족하고 있는 중이었다.

환율로 환산하면 물경 60억에 가까운 큰 금액이라 클리어가드 직원 열 명과 장지만의 차량팀 그리고 정보망팀과 짱돌 등과 나누더라도 족히 이삼억의 몫이 돌아온다.

더구나 야쿠자 놈들이 밀수로 반입한 돈을 강탈한 터라 내야 할 세금도 없으니 온전한 몫이다.

모두들 군을 나온 이후 변변한 직장도 없이 뒹굴다 보니 몇 푼 되지 않은 돈마저 다 허비한 상태라, 1,000만 원일지라도 감지덕지할 판인 처지였으니 여기서 더 큰 금액을 원하다면 그건 정말 욕심일 뿐이다.

아무튼 그렇게 속내를 밝힌 정태천이 이번에는 동료들을 돌아보며 다시 입을 열었다.

"난 방금 내 생각을 다 말했다. 내 생각과 다른 사람이 있다면 나서고 없다면 육담용 이 친구의 말을 들어 보기로 하는 건 어때?"

"난 태천이의 말에 동감이다."

"나도 마찬가지!"

"나 역시 더는 욕심이 없다."

정태천의 말에 박영길을 필두로 대원들이 분분히 동의하고 나섰다.

그러다 보니 자연스럽게 가만히 지켜만 보고 있는 담용에게 시선들이 쏠렸다.

자연 담용이 나서지 않을 수 없었다.

"사실…… 이렇게 된 저간의 사정이 있지만 차마 말을 못 했다. 거기에 대해 혹시라도 속으로 언짢은 마음이 있었다면 늦게나마 사과를 하겠다. 다만 말을 하지 않았던 것은 숨기려고 했던 것이 아니라, 사실 나 자신도 내용물이 이런 것일 줄 몰라서였다. 그리고 그런 사실보다 더 중요한 건, 전우이자 친구라 믿었기에 내 마음과 같을 것이라 여겨 결과가 어떻게 나오든 상관하지 않고 무조건 강행했을 뿐이다. 고로 결코 다른 마음이 없었다는 것을 알아주면 좋겠다."

저간의 사정이란 것이 인터넷으로 해킹을 하고 도청을 해서 알아냈단 것이기에 굳이 이런 사실까지 알리고 싶지 않은 담용이었다.

"아아, 우리 모두 네 마음을 알고 있는데 새삼스럽게 무슨 사과냐? 나 같았어도 일이 생겼다면 내용을 말해 주기보다 무조건 일을 부려 먹고 나서 해명했을 거다. 왠지 알아? 방금 네가 말한 것처럼 우리는 전우이자 친구니까. 이거 외에 더 합당한 이유가 있나? 있다면 누가 좀 말해 봐."

"푸하하핫, 이거 태천이를 다시 봐야겠는데."

"엥? 대훈이 너는 매일 보는 얼굴인데 새삼스럽게 뭘 다시 본다고 그래? 징그럽게시리."

"뚝배기보다 장맛이라더니 네 말솜씨가 제법인 것 같아 다시 한 번 봤으면 해서 그런다 왜? 그러니 어디 네 얼굴 좀 보자."

"……?"

"어라? 늘 보던 곰탱이 얼굴 그대론데…… 갑자기 혓바닥에 기름칠을 했나? 뭔 말이 그렇게 번드르르하게 나오지?"

"쯧쯧쯧…… 대훈이 너도 참 눈치가 없다."

"엉, 눈치가 없다니? 내가?"

길은철이 비죽 웃으며 하는 말에 이대훈이 엄지손가락으로 자신을 가리키며 멀뚱한 눈빛을 자아냈다.

"그래, 인마."

"야! 뭔 말이야?"

"짜샤, 너 바보냐? 권 중사가 와 있잖아?"

짝!

"아아."

탁!

"이런 멍청한……."

손뼉에 이어 자신의 이마까지 때리며 다소 과도한 제스처를 취한 이대훈이 유일한 홍일점인 권지민을 힐끗 쳐다보더니 한마디 내뱉었다.

"크크큭, 그러고 보니 태천이 저 자식, 지 애인 앞에서 사랑의 세레나데를 읊어 댄 거구만?"

"뭐, 뭐야? 대훈이 너…… 이 망할 자식아, 그걸 어떻게 그런 데다 갖다 붙여?"

그렇게 말하면서 한쪽에서 다소곳이 서 있기만 할 뿐인 권지민의 눈치를 보는 정태천이다.

"아아! 조용! 자꾸 이야기가 엉뚱한 데로 새면 어떡해? 다들 집에 빨리 안 가고 싶어?"

"아! 미안."

"어? 나도."

심종석의 나무람에 정태천과 이대훈이 미안해하며 입을 조개처럼 다물었다.

"그래, 중간에 말을 끊지 말고 담용이의 말을 계속 들어보자. 담용아, 계속해라."

"어, 그래."

심종석에게 빙긋 웃어 준 담용은 이때를 위해 미리 생각해 뒀던 말들을 쏟아 냈다.

"기실 야쿠자가 여수신항을 통해 밀항과 밀수를 할 것이라고 정보를 주신 분이 있다."

"어? 담용아, 정보망팀이 찾아낸 것이 아니었어?"

"심종석, 정보망팀은 내가 소스를 줘서 찾아보라고 부탁한 것일 뿐이다."

“아아, 그렇군. 맞아. 네가 말해 주지 않았으면 일본까지 해킹했을 리가 없지. 미안해.”

씨익.

“괜찮아.”

툭툭툭.

담용이 이빨까지 드러내 보이며 심종석의 어깨를 쳐 댔다.

심종석의 마음 씀씀이를 아는 까닭이다.

행여나 동료들이 쓸데없는 오해라도 할까 싶어 미리 차단을 하는 것임을 모르지 않는 담용이라 나름 고마움을 표시한 것이다.

“아야, 담용아, 그 사람 신분부터 말해 주면 안 되겠냐?”

“동호, 그 문제는 너를 비롯해서 동료들 전부가 궁금해하고 있는 것으로 안다만, 아직은 밝힐 단계가 아니니 조금만 참아 줘. 다만 한 가지 알려 줄 것은 그분이 제도권 안에서 꽤 높은 자리에 있다는 거야. 아마 머지않은 장래에 얼굴을 볼 수 있을지도 모르겠다. 장담할 수는 없지만 노력해 보겠다.”

담용이 이렇게 말하는 건 얼마 전에 생명을 구해 준 중년 신사를 살짝 이용하기로 마음먹은 때문이다.

아직은 아무런 관계가 없는 사람이었지만, 향후 자신들과의 인연을 꿰어 맞추어서라도 지원군으로 삼아야 할 필요성이 있기에 더 그런 마음이 들었다.

그렇다고 이 많은 탈취품을 담용이 홀로 꿀꺽하고자 하는 것은 절대로 아니다.

지금이야 공개를 할 수 없다지만 모두 헤지펀드 등 외투사들과의 전쟁에 탄알로 쓰기 위해 유야무야 넘어가는 것일 뿐이다.

그리고 적당한 시기가 오면 모든 재산을 익명으로 사회에 환원할 예정이라 굳이 구구절절한 변명거리를 늘어놓을 필요를 느끼지 않았다.

"흠, 제도권 안에서 해결을 못 하고 담용이 네게 의뢰를 했다면 나름대로 사정이 있는 모양이구나."

"그래, 정확하게 봤다. 이런 일이야 당연히 제도권에서 해야 할 일이지. 하지만 너희들도 짐작하다시피 권력자들 중에 친일파가 적지 않고 그들의 하수인들도 많아 정보가 새 나갈 수도 있다고 보고 내게 부탁을 해 온 거다."

듣자니 참으로 어처구니없는 말이었던지 성질 급한 정태천이 불쑥 한마디 했다.

"닝기리! 망조가 든 나라도 아니고……."

"망조나마나 독립한 지가 언젠데 아직까지도 친일파가 득실거려? 이거 말이 되는 거냐?"

"내가 알기로는 득실거리는 정도가 아니라 아예 휘어잡고 있다고 하더라."

"모두 일본 놈들에게서 돈을 받아 처먹은 놈들이라서 그래. 그놈들도 그 값어치를 하려면 악이라도 써 댈 수밖에 더 있겠냐구?"

"쯧! 법보다 강한 게 쩐이고 조국과 민족보다 더 소중한 게 일신의 안녕이라더니……."

"아아, 그만! 그만 좀 해!"

담용의 말이 빌미가 되어 흥분이 점점 고조되어 떠들어 대는 동료들을 말린 심종석이 짜증 섞인 목소리를 냈다.

"중간에서 말을 자르지 말랬지? 이러다가 언제 끝내려고 그래?"

"아아, 미안. 듣고 있자니 열불이 나서 말이다."

"젠장, 여기서 열을 내 봐야 무슨 소용이 있어? 담용아, 계속해."

"그래. 모두들 진정하고 들어 봐. 사실 우리가 강탈한 돈은 전부 일본 야쿠자 조직에서 각출해서 보낸 것으로 모두 한국에서 사업을 할 자금들이다. 그것이 사채업이든 뭐든 말이다. 요는 절대로 우리나라를 위하는 마음으로 들여온 자금이 아니라는 것이다. 즉, 범죄에 악용될 자금에 가깝다는 뜻이지. 그래서 방금 심종석이 하고 의논을 해 봤는데, 저기 가죽 가방에 든 돈만 우리가 차지하기로 했다. 금괴와 나머지는 모두 지금 가지러 오는 사람들에게 넘길 것이고, 마약은 태운다. 그리고 총기는 우리가 잠시 보관하기로 했다. 모두 그렇게 알고 있도록."

“자 자, 모두 들었을 줄 안다. 자세한 얘기야 나중에 얼마든지 할 시간이 있으니, 오늘은 이만 정리를 하고 이곳을 뜨기로 한다.”

“알았어.”

“그게 좋겠다.”

“자 자, 모두 움직여!”

BINDER BOOK

원 포인트 업무 지시

2000년 7월 18일 화요일.

KRA의 TF팀 사무실.

지방 출장에서 돌아온 담용은 지난주 내내, 즉 16일과 17일의 연휴까지 반납해 가며 군 동료들과 함께 야쿠자들의 밀수를 저지하고 전리품을 정리하느라 밤잠을 설쳐 놓고도 출근을 해서는 회의를 주재하고 있었다.

"다음은…… 유 선생님의 제이넷방송국 계약 건이네요. 어찌 됐습니까?"

피곤할 법도 하건만 담용의 목소리는 또랑또랑 힘이 있었다.

"하하, 팀장에게 면목은 섰다네."

"아, 그럼……?"

"지난 토요일 오후 늦게야 계약을 했네."

"하하핫, 수고하셨네요."

"뭐, 원래부터 제이넷 측에서 건물을 마음에 들어 했던 데다 안전진단 결과까지 만족스럽게 나왔으니 계약이 원만하게 이루어질 수밖에 없었네."

"금액은 원래대로 했습니까?"

"어차피 서로 네고시에이션을 한 최종 금액이라 양측 다 이의가 없는 상태였으니, 새삼 밀고 당길 이유가 없지."

"특수영업팀의 이미례 부장님도 애를 많이 쓰셨겠군요."

"아, 아무래도 나, 나보다야 경험이 많으니 도움을…… 많이 받았지."

이미례라는 이름만 나오면 갑자기 어색해지기 시작하는 유장수가 오늘도 어김없이 말을 더듬거렸다.

'크크큭.'

유장수의 태도에 내심 웃음을 참지 못하는 담용이다.

다른 팀원들은 아직 유장수와 이미례와의 관계를 모르고 있는 터라 약간의 의아함만을 보일 뿐이다.

"요, 용역비 중 50%는 오늘 중으로 입금하기로 했네."

"얼마나 됩니까?"

"부가세 별도로 해서 5억 4,000만 원이네만, 그걸 반으로 나눠야겠지."

특수영업팀과 나누면 2억 7,000만 원씩이라는 뜻이다.

"유 선생님, 정말 수고하셨습니다."

담용이 유장수에게 의미심장한 웃음을 내비치더니 팀원들을 돌아다보았다.

"안 대리, 뭐 해? 박수 안 쳐?"

"어? 그, 그렇지."

짝짝짝…….

"유 선생님, 축하드립니다-!"

"와아! 축하드려요-!"

"저도요!"

짝짝짝짝…….

안경태를 시작으로 담용을 비롯한 팀원들이 우레와 같은 박수로써 생애 처음으로 대형 계약을 이끌어 낸 유장수를 축하해 주었다.

"쩝, 이거……. 겨우 반쪽짜리 가지고 축하를 받으려니 쑥스럽네."

특수영업팀의 이미례 부장과 수익을 나누어야 하기에 하는 말이다.

실상 이런 대형 계약은 이끌어 내기가 정말 쉽지 않다.

담용이 시간을 거슬러 오기 전에 알고 있었던 일이라 다소 쉽게 이루어진 거지 실지로는 수많은 경쟁자들에 의해 적지 않은 정신적인 노고와 혹은 물질적인 자금을 퍼부어도 결코 쉽지 않은 일이다.

게다가 조석으로 변하는 매도자와 매입자의 마음까지 헤아려야 하기에 끝까지 긴장을 늦춰서도 안 되는 피곤한 일이었다.

아마도 80% 정도쯤 성사시켜 놨을 때는 밤잠도 제대로 자지 못하고 설치는 경우가 허다했다.

이처럼 업무 중에 가장 어려운 일 중에 하나가 사람을 상대로 하는 일이라 하겠다.

“에이, 어차피 한회산데 수익이 나눠진다고 해서 그 돈이 어디 갑니까?”

“아무튼 축하해 주니 고맙네. 그런 의미에서 오늘은 내가 한잔 사도록 하지.”

“우와! 어, 어디서요?”

“어디가 좋은지 말만 하게.”

“히히히, 내일 모레가 중복이니 오늘 앞당겨서 먹는 건 어때요?”

“그거 좋은 생각이에요. 제가 삼계탕 잘하는 집 알아요. 여기서 그리 멀지 않으니 거리도 적당하고 또 그리 비싸지도 않은 집이에요.”

안경태의 말에 이어 설수연까지 나서서 분위기를 살리자 유장수가 담용을 쳐다보았다.

“팀장은 어때?”

"저도 유 선생님이 첫 계약 기념으로 사 주는 식사를 꼭 먹고 싶네요. 근데 저녁은 곤란하고 점심으로 한다면 가능하겠는데……."

친구인 김도원의 일로 일산으로 가 봐야 하기 때문이다.

마음이야 첫새벽부터 곧바로 일산으로 갔으면 했지만, 업무를 더 이상 미룰 수 없어 출근을 한 것이다.

업무도 원 포인트식의 지시를 해 놓고 팀원들에게 맡길 수밖에 없는 처지다 보니 같이 식사하는 것까지 마다할 수는 없었다.

더욱이 지난주 초복 때도 출장으로 인해 함께하지 못한 팀원들이라 미안한 마음도 있었다.

"뭐, 팀장이 바쁜 거야 모르는 팀원이 없으니, 점심으로 하자고. 괜찮지?"

"그럼요. 팀장이 바빠야 우리가 할 일이 생기니 그렇게 해요."

"술이 없는 게 좀 아쉽긴 하지만 어쩔 수 없죠."

"아아, 대신 이달 말 말복 때는 거하게 한잔 사도록 하지. 어때?"

"으흐흐흐, 팀장님이 사시겠다면 우리가 또 거절을 못 하지. 그러지 않아도 팀 단합 대회를 한 지도 꽤 되네. 설 대리, 안 그래?"

"그래요, 벌써 한 달이 훌쩍 넘었죠."

"크흐흐. 팀장님, 팀원들을 너무 방목하는 것 아닙니까?"

"풋! 방목은 무슨……?"

탁탁탁.

"자 자, 점심식사는 그렇게 하기로 결정하고……."

담용이 탁자를 쳐 주위를 환기시키고는 말을 계속했다.

"다음은 안 대리 차례다. 그렇게 섰지 말고 앉아."

"옙!"

"맡고 있는 업무에 대해 말해 보지그래."

"넵! 보고드리지요."

자신 있다는 투로 대답한 안경태가 어깨를 으쓱해 보이더니 자랑스러운 어조로 말했다.

"드디어-! 지난 한 달 반 동안 끌어 왔던 세곡동 토지가 팔리게 됐습니다-!"

"오호! 그, 그래?"

"옛! 그동안 쉽게 결심을 하지 못하고 지루하게 끌어오던 남순성 씨가 결정을 했단 말입니다."

"그거 잘됐다. 돈이 모자라서 망설이는 것으로 알고 있었는데…… 그사이 무슨 변화가 있었던 거야?"

"물론이죠. 그동안 욕심은 나는데 매입 자금이 모자라서 고민을 하던 남순성 씨가 자식들의 도움으로 세곡동 토지를 구입하기로 최종 결정을 내렸다는 것 아닙니까? 푸하하핫!"

어려운 작업을 해냈다는 뿌듯함에 안경태가 다소 희극적

인 웃음을 자아내는 것을 본 담용도 같이 빙그레 웃어 보이며 물었다.

담용도 안다. 은퇴한 노인네의 마음을 바꾸기란 정말 쉽지 않다는 것을. 그만큼 모험을 기피할 연배이기 때문이다.

"미국에 있는 주인은 뭐래?"

"하하하, 연락을 했더니 믿기지 않는지 몇 번이나 정말이냐고 물어보더군요."

"그래?"

"예, 거듭해서 물어보더니 아주 흥분해서 신 나 하는 눈치였습니다. 당연히 당장이라도 건너오겠다고 하더군요."

"그래서?"

"오늘 최종적으로 남순성 씨에게 매입 확인서를 받은 다음 연락을 하겠다고 했습니다."

"그거 잘했다. 혹시라도 계약이 안 되면 비행기 삯을 물어줘야 할 수도 있으니, 매입 확인서는 반드시 받아 둬."

담용이 말하는 매입 확인서란 매입자에게는 물건을 확실하게 사겠다는 의지를 확인하는 것이자 동시에 매도자에게는 매입자의 매입 의사를 확실히 보여 주어 100% 믿게 하는 증명서라 할 수 있었다.

물론 공증을 하지 않는 한 법적인 효력은 없지만, 신의성실의 원칙에 입각해 계약에 임한다는 측면에서 신뢰를 주고받을 수 있는 증명서이긴 했다.

"그러지 않아도 매입 확인서를 팩스로 보내 주기로 했습니다. 확인하는 즉시 시간 약속을 해 주기로 했고요."

"잘됐다. 한 과장님."

"예, 팀장님."

"안 대리의 계약을 좀 도와주십시오."

"어차피 같이해 오던 일이니 당연하지요. 매입 확인서가 가면 매도인에게서도 매도 확인서를 받아 남순성 씨에게 보여 주면 더 좋겠지요."

"어떻게 받으려고요?"

"아아, 매각할 의사만 확인하면 되는 것이라 메일로 받아 프린트하면 됩니다."

"그렇군요. 안 대리."

"옙, 팀장님!"

"계약 방식은 어떻게 되나?"

"애초에 매도인은 계약 시에 60억을 주고 나머지 금액은 1년 기한 내에 지불해 줄 것을 원했지만, 남순성 씨 측에서 전부 무시하고 78억에 일시불로 계약을 하자는 제의를 해 와서 줄다리기를 한 끝에 80억에 낙찰을 봤습니다."

"호오, 일시불이라고?"

"예."

"용역비는?"

"계약 당일에 4%를 받기로 했지요. 대신 기업이 아닌 개인이라 부가세를 낼 수 없다고 해서 그렇게 하기로 합의를 봤습니다."

"그거야 회사에서 조치를 하면 되니 상관없다. 아무튼 놀지 않고 열심히 했네."

"이거 왜 이러십니까? 제가 농땡이 치는 것 같아도 할 일은 칼같이 한다구요."

"푸후후후. 그래그래, 알아주마."

"어? 난 축하 박수를 안 쳐 줘요?"

"축하 박수는 계약하면 쳐 줄게. 도장을 찍고 계약금을 주고받아야 계약이 성립되는 거니까."

"그래도 이 정도면 다 된 밥 아닌가요?"

"다 된 밥에 콧물을 빠뜨리는 수도 있으니까 그러지. 아무튼 끝까지 유종의 미를 거두어 축하 박수를 받길 바란다."

"칫! 반드시 받고 말 테니 두고 보십시오."

"훗, 그러던지. 그리고 내가 영암에서 알아보라고 했던 역삼동 토지는 어떻게 됐어?"

역삼동 토지는 중년 신사를 구했던 장소 근처에 있는 땅이었다.

"아, 그 건은 고미옥 씨에게 맡겼습니다."

"어? 그래?"

담용의 시선이 고미옥에게로 향했다. 정말이냐고 물어보는 듯한 눈빛이다.

"안 대리의 말대로 그 물건은 제가 맡고 있습니다."

"알아본 게 있나요?"

"네. 현장에 낡은 단층 건물 여섯 채가 있더군요. 정확한 면적은 1,412평이고 그중 26%인 367평이 일반 상업지역이며 나머지는 3종 일반 주거지역입니다."

"주인은 만나 봤어요?"

"네."

"인상이 어떻던가요?"

"호호홋, 능글능글하던데요?"

"50대가 넘으면 대개가 그렇게 되죠. 그분…… 대머리죠?"

"네, 아시는 분이세요?"

"조금……."

지난 삶에서 봤던 인물이었으니 모를 리가 없다.

"근데 토지주를 만나고 나오다가 신경섭 씨를 만났지 뭐예요?"

"어? 신경섭 씨요?"

"네, 명함을 주더라구요."

고미옥이 명함 한 장을 탁자 위에 올려놓자, 안경태가 얼른 집어 들며 말했다.

"왜 말 안 했어요?"

"가치 평가를 하느라 정신이 없어서 잊고 있었어요."

"얼라? KARU라면 미국계 회사잖아? 그것도 우리와 경쟁 관계에 있는 회사!"

"안 대리, 말은 바로 하자."

"예? 무슨 말입니까?"

"KARU라면 규모만 봐도 우리가 경쟁이 될 만한 회사는 아니지. 거기는 우리와 비교도 안 되는 글로벌 회사라고."

"한 과장님, 그걸 누가 모릅니까? 제 말은 하필이면 이 재수 없는 자식이 왜 경쟁 회사로 갔느냐는 겁니다."

"좋은 감정으로 나간 것이 아니었으니 반발심이 작용했을 수도 있겠지. 괜히 날을 세워 가며 신경 쓸 필요는 없어."

"한 과장님의 말이 맞는 것 같아요."

"왜? 무슨 말이라도 들었어요?"

"천성이 그런 건지 반갑게 인사를 하기보다는 적대적인 감정부터 내세우더라고요."

"사내자식이……. 그래도 고미옥 씨는 한때나마 같은 부서에서 근무했는데."

"뭐, 원래 옹졸한 자식이었잖아요?"

"그래, 해코지라도 했어요?"

"아뇨, 제게 그럴 이유가 없죠. 다만 팀장님 잘 있냐고 물어보면서 저보고 조심하라던걸요."

"뭐? 뭘 조심해?"

"글쎄요. 저야 무슨 영문인지 알 수가 없죠."

"풋! 원 별별별……."

한지원은 같잖다는 시선으로, 고미옥은 약간의 의문이 든 눈빛으로 담용을 쳐다보았다.

"신경 쓰지 말아요. 그리고 역삼동 토지는…… 고미옥 씨가 경험을 쌓는다고 생각하고 가볍게 임해 보세요."

"네? 전 적극적으로 해 볼 생각인데요?"

"노력을 들이는 것에 비해서 별로 재미있는 물건이 아니라서 그래요."

"네? 무슨 말씀이신지……?"

담용이 중개 수수료를 주지 않으려는 소유자의 성향을 알기에 하는 말이었지만, 알아들을 리가 없는 고미옥의 눈빛에 의문이 조금 더 깊어졌다.

이에 조장인 한지원이 입을 열었다.

"특별한 이유라도 있습니까?"

"토지주의 성격에 대해 약간 아는 바가 있어서요."

"그럼 확실하게 말해 주시지요. 괜히 헛고생하지 않게 말입니다."

"흠, 내 생각을 말하라면, 솔직히 포기했으면 합니다."

"얼레? 물건을 줄 때는 언제고요?"

"얼마 전에 접한 정보가 있어서 그래요."

"그러니까 그걸 말씀해 달란 말입니다."

"그보다 먼저……."

담용의 시선이 고미옥에게로 향했다.

뭔가 일할 거리를 주어 일할 맛이 나는 직장, 아니 일할 의욕이 샘솟는 팀이 되도록 해 줘야 할 필요가 있는 여직원이라 푸근한 미소를 지으며 물었다.

“가치 평가 결과가 나왔나요?”

“네, 일반 상업지역과 3종 일반 주거지역을 평균한 평당 가격이 약 2,350만 원 정도 나왔어요.”

“소유자가 원한 350억보다 적군요.”

“정확히는 평당 2,500만 원이니 353억 원이에요. 하지만 현재 임차인들의 명도를 감안하면 평당 15만 원 정도의 비용을 감가한 계산이어야 해요.”

계산기를 두드려 보던 담용이 말을 받았다.

“흠, 매매 금액을 331억으로 봤군요.”

“맞아요. 거기에 용역비 3%를 제하면 소유자가 손에 쥘 금액은 321억 7,000만 원이에요.”

“또 있지요?”

“물론 양도소득세가 있지만 그건 계산해 보질 않았어요.”

“흠, 고미옥 씨.”

“네.”

“끝까지 해 보고 싶어요?”

“그럼요. 신경섭 씨에게 지고 싶지 않아요.”

“그 사람은 신경 쓰지 마세요. 앞으로도 같은 업계에 종사

하는 한 부딪칠 일이 많을 테니, 일일이 날을 세울 필요는 없어요. 그보다…… 제가 하는 말을 듣고 이 물건에 계속 손을 댈 건지 말 건지를 판단해 보세요."

"……?"

"이 정보는 회사에 물건이 수집되고 난 다음의 얘기이니 믿을 만한 것입니다. 더욱이 토지주의 측근에서 나온 것이라 정확하다고 자신할 수 있지요. 토지주는 지금 전속 계약을 해 줄 마음도 또 수수료를 줄 생각도 하지 않는 데다 임차인들의 명도에 절대로 관여하지 않겠답니다."

"네에? 그럼 임차인의 명도를 중개인이 책임지란 말이에요?"

"예."

"어머머! 그, 그런 법도 있나요?"

"차근차근히 설명하지요. 전속 계약을 하지 않고 작업에 임한다면 그만큼 힘들기도 하지만, 소유자의 손아귀에서 놀아나야 합니다. 설사 어렵사리 매입자를 찾는다고 하더라도 소유자가 언제든 변덕을 부릴 수 있다는 거지요."

"그, 그렇군요."

"둘째로 수수료 문제는 일단 거래를 성사시켜 놓고 법적으로 행사한다면 법정 수수료야 받을 수 있습니다. 하지만 모두들 알다시피 기껏해야 300만 원인데 그걸 받겠다고 300억이 넘는 작업을 할 사람이 있을까요?"

"마, 말도 안 돼요. 주인이 신경 쓰지 않겠다는 임차인들의 명도 작업만 해도 그 몇 배는 비용이 들어갈 텐데……."

"바로 그겁니다. 거래가 이루지려면 몇 날 며칠이 걸릴지 모르는 일이라고 치면, 아마 다리품을 판 값도 나오지 않을 겁니다. 셋째로는 임차인의 명도에 소유자의 서명날인이 없는 한 중개인이 나서서 손을 댈 수가 없다는 점입니다. 설사 할 수 있다고 해도 비용이 문제입니다. 임차인들이 명도 비용으로 얼마를 요구할지 모르는 상태에서 그걸 감수하고 뛰어들 일이 절대 아니라는 거지요. 그래서 제가 말리는 겁니다."

맞는 말이었다.

매입자는 매입할 토지에 지상물이 있는 경우 백이면 백 잔금일까지 명도를 해 줄 것을 요구한다.

명도의 책임이 매도자에게 있지만 이렇듯 손도 안 대고 코를 풀려는 토지주들이 가끔 있다.

물론 그런 배짱을 부릴 만큼 희소성을 가진 부동산이어야 가능했고, 역삼동 부지는 충분히 그럴 자격이 있는 물건이긴 했다.

이를 전부 감안한다고 하더라도 문제는 명도 비용이 얼마나 되느냐다.

토지주가 수수료를 주지 않는다고 볼 때 매입자를 구한 후 수수료를 흥정하는 과정에서 손익을 따져 봐야 할 일인 것이다.

그러나 여기까지의 일도 비용이 들어가는 일이라 전속 계약이 아닌 상태에서 굳이 비용을 들여 가며 나설 중개인이나 부동산 회사는 없을 것이다.

"하면 매수인에게 그만큼 보정을 받는 방법도 있지 않을까요?"

"물론 그것도 한 가지 방법이겠지만, 어려울 겁니다. 그만한 금액의 매수인이라면 대개가 법인일 텐데, 과도한 수수료는 계정을 맞춘다고 해도 감사의 대상이 될 수 있어 큰 비용의 지출은 꺼릴 것입니다."

"그래도 경쟁력을 발생시킨다면……."

"물론 경쟁력을 유발시키면 가능합니다. 하지만 어렵습니다. 그 이유를 말씀드리면…… 주변의 인구밀도 분포로 보아 그 토지의 용도는 대형 마트 부지가 적당하다고 생각합니다. 월마트나 까르프 혹은 이마트 등의 대형 마트 말입니다."

"아아, 저도 그런 생각을 했는데, 면적이 너무 작은 것 같아서 자신이 없었어요."

"맞아요. 업종이 정해졌다면 그다음 단계로 건축설계 사무소와 연계해 확실한 가능성을 가지고 대형 마트 회사에 접근하는 것이 순서지요. 아무튼 그 자리는 대형 마트 자리고 그들의 업무 속성상 직원들 중에 부동산 전문가가 많을 수밖에 없어 수수료 역시 굉장히 짠 편이지요. 그걸 받아들이지 않으면 곧바로 뒤통수 들어갑니다."

"전속 계약을 하는데도요?"

"사안에 따라서는 전속 기간이 끝날 때까지 기다립니다. 예를 들어 매입자가 쉽게 나타나지 않는 물건이라면 당연히 기다릴 것이고 조금 불안하다 싶으면 토지주를 구워삶아서라도 목적을 이루고 마는 작자들이지요."

"그럴 수가?"

"물론 물건이 마음에 들었을 때지만, 충분히 그럴 수 있는 게, 그들의 입장에서는 비용을 아껴야만 인사고과에 이롭기 때문입니다."

"아……."

경험이 전무한 고미옥으로서는 참으로 금과옥조 같은 조언이 아닐 수 없었다.

"역삼동 토지는 이마트에 딱 알맞습니다. 월마트와 까르푸는 창고형 마트라 1,400평 면적으로는 적당치가 않습니다. 즉, 투자 대비 수익도 경쟁력도 없다는 뜻입니다."

실제로도 그 땅의 임자는 경쟁자가 없어 느긋하게 기다리던 이마트가 됐고, 영업을 개시한 이후로 영업 이익이 줄곧 상위 클래스 유지하는 알토란 자리가 됐다.

"팀장님, 그 세 곳 외에도 요즘 막 영업을 개시하고 있는 홈플러스나 코스트코 그리고 왓슨스나 CJ올리브영 같은 마트도 있지 않아요?"

"홈플러스 외에는 투자 대비 면에서부터 컨셉이 맞지 않는 것 같군요. 농협 하나로마트나 롯데마트 역시 이제 막 태동하기 시작한 터라 소개를 한다고 해도 역삼동 토지를 가지고 고민을 많이 할 겁니다. 왜냐면 지금은 IMF 시기라 싸고 좋은 땅을 골라서 살 수 있기 때문에 굳이 고민할 땅을 가지고 시간을 허비할 이유가 없는 거지요."

"그, 그렇군요."

담용의 설명에도 불구하고 고미옥은 그래도 미련이 남는지 희망의 싹을 지우지 않는 표정이다.

물론 충분히 공감이 가는 말이었고 인정도 하고 싶다.

그래도 포기하고 싶지 않은 눈치가 역력했지만 팀장이 말리는 일을 가지고 계속 고집을 피울 수가 없어 물러날 수밖에 없었다.

'쩝, 나중에 소문이 나면 내 말을 이해하겠지.'

담용은 좌절당한 것 같은 고미옥의 표정이 신경 쓰였지만 과감히 외면했다.

그녀 역시 실적을 쌓고 싶은 마음이 굴뚝같을 테니 그럴 법도 했지만 아닌 건 아닌 것이다.

기실 아직까지야 글로벌 대형 마트들이 선전을 하고는 있지만, 얼마 지나지 않아 소리 소문 없이 사라지는 것을 알고 있는 담용이 아닌가?

참고로 지금까지 한국에 들어온 외국계 대형 유통 그룹의

미래를 보면 이렇다.

세계 곳곳에서 번창하고 있는 월마트는 유독 한국에서만 큼은 쪽도 못 쓰고 이마트에 인수 합병 됐고, 프랑스에서 온 까르푸는 이랜드 홈에버로 인수 합병 됐다가 결국 홈플러스로 인수 합병 된다.

그밖에 코스트코 같은 창고형 마트가 있지만, 국내에 영업점이 담용이 회귀하기 전까지도 열 손가락을 다 채우지 못했다.

이마저도 향후에 가서는 이마트에서 트레이더스, 롯데마트에서 VIC마켓을 오픈함으로서 아성이 흔들리게 된다.

아! 왓슨스는 성격이 좀 다른 전 세계적인 Drug store 전문점이다.

즉, 약국, 화장품, 기타 소비 제품을 다루는 마트다.

이 역시 향후에는 GS리테일과 합작 후 본격적인 영업망을 구축하게 된다.

각설하고.

"고미옥 씨."

"네?"

"서울특별시 종로구 평동에 있는 오도물산 건물을 맡아서 진행을 해 보시겠어요?"

"오도물산이라면……."

"아! 그 왜 있잖습니까? 프랑스의 유아 의류나 유아용품을 판매하는 회사 말입니다."

고미옥이 잘 모르는 듯하자 안경태가 아는 척하더니 계속 말을 이었다.

"우리나라에서 최초로 의류를 수출한 회사이기도 하지요. 근데……."

안경태의 시선이 담용에게로 향하더니 물었다.

"팀장님, 오도물산도 망했어요?"

"쯧쯧, 연봉이 몇 억씩이나 되는 사람이 망했냐는 표현이 뭐냐? 부도라는 용어가 있는데……."

"칫! 그 말이나 이 말이나."

"현재 법정 관리 중이니 90%는 그렇다고 봐야지."

하기야 안경태의 말처럼 망하게 되어 있는 회사다.

법정 관리란 것이 부도를 내고 파산 위기에 처한 기업이 회생 가능성이 보이는 경우에 법원의 결정에 따라 법원에서 지정한 제3자가 자금을 관리케 하는 것이니 말이다.

"고미옥 씨, 오도물산의 본사 건물인 만큼 노리는 곳이 제법 있을 테니, 오늘부터 알아보는 게 좋겠어요."

"네! 열심히 해 볼게요."

다시 일거리가 주어지자 시무룩하던 고미옥의 얼굴에 생기가 돋기 시작했다.

'풋! 여자들의 심리는 죽을 때까지도 이해할 수 없다더니……'

"어? 팀장님, 건물은 우리 담당이 아닙니까?"

"송 과장, 내 말을 계속 들어 보고 얘기해. 오도물산은 건물이 본사밖에 없다고 해도 과언은 아닌 회사야. 물론 방배동에도 있지만 별로 큰 규모는 아니지. 대부분 공장으로 대전공단을 비롯해서 평택 등에 골고루 분산되어 있기도 하고 비업무용 토지들도 꽤나 많은 것으로 알고 있다. 그러니 이 건에 한해서는 한 과장 조나 송 과장 조가 합심해서 일을 해 줬으면 좋겠어."

"아, 알았어요. 자료는 주 거래 은행이 어딘지 찾아서 구해야겠지요?"

"주 거래 은행은 한빛은행이야."

"아, 상업은행."

"엄밀히 말하면 상업은행과 한일은행의 합병 은행이지."

"맞아요. 근데 이건……?"

송동훈의 시선이 금융 전문인 유장수에게로 향하자 그가 지레짐작을 하고는 입을 열었다.

"알았네. 그건 내가 알아보도록 하지."

"그건 그렇게 하기로 하고……. 다음은 송동훈 과장 차례군. 어때? 진전이 좀 있나?"

"예, 저희 조는 테헤란로에 있는 HJ빌딩과 도곡동사거리에 위치한 송담빌딩을 조사하고 있는데……."

"아아, 송담빌딩은 다음에 듣고 HJ빌딩부터 처리하지. 그래야 이해를 할 수 있을 테니까. 경매 날짜가 어떻게 되지?"

"7월 28일 오전 열 시이며 장소는 캠코의 대회의실입니다."

"조사해 보면서 느낀 건 없나?"

"경쟁률이 결코 만만치 않을 것 같다는 게 제 생각입니다."

"이유는?"

"그 부분은 장영국 씨가 보고하도록 하지요."

송동훈의 양보에 이미 그렇게 하기로 했던 것처럼 장영국이 곧바로 입을 열었다.

장영국으로서는 내사상담과, 아니 TF팀에 와서 첫 발언인 셈이었다.

"말씀드리겠습니다. 기존에 알려진 외투사들이야 말할 것도 없겠지만, 쿠시먼과 리만 그리고 레플리와 GNB(골드엔뱅크)의 직원들까지 눈에 띄더군요. 특히 파이낸싱 스타가 가장 적극적인 행보를 보이는 것 같아 우리가 꼭 낙찰을 받으려 한다면 주의해야 할 외투사가 아닌가 여겨집니다. 그리고……."

"아, 잠깐만."

장영국의 말을 잠시 끊은 담용이 팀원들을 둘러보더니 말을 이었다.

"내가 깜빡하고 말하지 않은 게 있는데……. HJ빌딩은 우리가 취급할 물건이 아니라는 것을 말하지 않았군요. 그러니 보고를 하기보다는 보고서를 제출해 주기 바랍니다."

"에? 그럼 우리 물건도 아닌데 조사는 왜 시킨 겁니까?"

"혹시 하청……받은 겁니까?"

송동훈과 안경태가 번갈아 가며 물어 왔다.

"미리 양해를 구하지 않은 것은 미안해. 출처는 모 기관인데 밝히기를 꺼려서 보안을 지켜 주기로 했다. 물론 공짜는 아니고 바로 송담빌딩을 조사해 주는 대가로 받은 거야."

기실 HJ빌딩은 세 노인과 함께 발족시킨 ㈜센추리홀딩스가 노리는 물건이었다.

센추리홀딩스를 표면에 드러나지 않게 하기 위한 담용의 고육지책이었지만, 팀원들의 표정이 영 껄끄럽다.

마치 뒷간에서 볼일을 보고 밑을 닦지 않고 나온 것처럼 생뚱한 말을 들어서였다.

특히 송동훈과 안경태의 얼굴에 '겨우'라는 표정이 역력해 보여 담용이 속으로 욕을 해 댔다.

모두 격의 없는 팀원이자 친구 사이라 표정이 더 노골적이다.

'썩을 놈들이 돼지같이 욕심만 많아서…….'

이제는 입맛이 고급이 됐는지 웬만한 건 눈에 차지도 않는 모양이었다.

'콱! 옛날로 돌아가 버려?'

모두가 돈 한 푼에 허덕여야 했던 그 시절.

그것이 불과 6개월 전의 일임에도 느낌상으로는 까마득한 시절의 얘기 같기만 하다.

하지만 아서라.

그래도 아직까지 초심을 잃지 않고 있는 것만 해도 어디냐?

담용은 마지막 패를 꺼내기로 했다.

"흠흠, 물론 물건만 받아 오면 매수자를 찾아야 하는 수고로움이 있으니 별 의미가 없겠지."

"크흐흐흐, 그러면 그렇지. 팀장님이 짠돌인 걸 우리가 다 아는데 어찌 물건만 달랑 받아 오겠습니까?"

"역시…… 팀장이야. 근데 매수자가 확실하다면 계약이 거반 이루어졌다고 봐도 되는데, 누구에게 줄 겁니까?"

마치 그 말을 기다렸다는 듯이 송동훈과 안경태가 아예 눈을 빛내며 서로 달라며 미리 김칫국을 마실 준비부터 하고 있었다.

조별로 나뉘어 있으니 둘은 서로 경쟁자인 터라 쉬운 물건을 가로챌 욕심으로 가득 찬 모습이다.

"이것도 공평하게 두 조가 합작해. 방식은 각각 한 사람씩 대표를 내는 것으로 하면 될 것 같은데……."

"쩝, 어쩔 수 없지요."

"칫! 내게 주지."

실망하던 안경태가 물었다.

"근데 매수자가 누굽니까?"

"행정연구원."

"엥? 해, 행정연구원이라고요?"

안경태가 대뜸 실망한 기색을 띠었다.

"왜? 아는 곳이야?"

"아, 아니, 모릅니다."

"근데 왜 땡감 씹은 표정이야?"

"어감이 척 봐도 공무원 냄새가 나는 것 같아서 말입니다."

"하하핫, 당연하지. 행정자치부 산하의 연구 기관이니까."

"쳇! 공무원 쪽이면 법정 수수료 외에 더 청구할 수도 없잖아요?"

"뭐? 그것 땜에 삐친 거야?"

"삐치긴 누가 삐쳤다고……."

"푸후후후, 거긴 기본으로 받고 매도인에게서 좀 넉넉하게 받으면 되지 뭔 걱정이냐?"

"그게 마음대로 돼야 말이지요."

"하하핫, 그게 바로 노하우지."

"그 노하우란 걸 공개 좀 해 보지그래요?"

"그러지. 올해 초부터 정부 방침이 바뀐 게 있는데, 그걸 참조하는 것이 많은 도움이 될 거야. 앞으로도 정부 기관과

일할 때를 대비해 알아 두는 것도 좋고."

"그게 뭔데요?"

"정부에서 상반기부터 여태껏 각 부처별 산하기관에다 지원해 오던 예산을 대폭 삭감하기로 했다는 정보가 있어."

"그런 것과 우리 업무가 무슨 상관이 있다고……?"

"물론 깊은 관계는 없다. 다만 예산이 대폭 삭감되다 보니 각 예하 부처에서는 비상이 걸렸는데 그것이 뭐냐면……. 이제부터는 각자 수익 사업을 벌여 자체적으로 살림을 꾸려 갈 수밖에 없도록 제도가 바뀌었다는 점이지."

"에? 저, 정말?"

"헐! 난리가 났겠군. 무상으로 지원되는 돈으로 '에헴' 하면서 편하게 날름날름 받아먹기만 하던 작자들이 힘들게 돈을 벌기까지 해야 하다니……. 내 생각에는 잘된 정책 같고 고소하다는 생각이 드는데요?"

"내 생각도 그래."

모두들 공무원에 대해 좋지 않은 기억이 있는지 뜻밖이라는 안경태의 표정에 이어 송동훈과 한지원까지 처음 듣는 소리임에도 어딘가 모르게 통쾌해하는 기색들이다.

모두가 그런 것은 아니겠지만 아직은 목에 깁스를 한 공무원들이 많은 시기이기도 했기에 하나같이 볼멘 목소리를 해댔다.

공무원들에게 있어서 사장은 국민들이다. 왜냐면 알다시

피 월급을 주는 사람이 국민이니까.

그런데도 사장을 무시하고 그 위에 군림하려는 작자들이 아직도 널려 있는 것이 사실이었으니 이런 반응이 나올 수밖에.

특히나 자주 관공서를 오가야 하는 중개인들이다 보니 그런 체감을 더 깊이 느끼는 팀원들이다.

그렇다고 자주 부딪쳐야 하는 그들과 매번 다툴 수도 없는 입장이니 이렇게라도 분통을 터트릴 수밖에 없다.

"쯧! 뭘 몰라도 한참 모르는군."

"아니! 뭐가요?"

"안경태, 네게 조금이라도 사고하는 능력이 있다면 그런 말을 하지는 않았을 거다."

"예? 제가 잘못 알고 있었다고요?"

"그래, 그것도 한참."

"……?"

"이유는 행정연구원에 근무하는 핵심 인사들이 대부분이 석, 박사들이기 때문이다. 석, 박사들에게 돈을 벌 기회가 생겼다면 아마도 얼씨구나 하고 좋아할 거란 말이다. 강의란 강의는 도맡아 놓고 다닐 테니까. 그것도 구걸이 아닌 초청 강사로 불티나게 팔려 나간단 말이야. 그렇게 되면 가격도 엄청 비싸겠지. 넌 그 결과가 어떨 것이라 생각하냐?"

"돈을 어, 엄청 벌까?"

"벌까가 아니고 당연한 거야. 행정연구원에서 하는 일이야 인터넷만 들어가면 알 수 있을 테니 생략하지. 간단히 말하면 그들은 국가 행정 분야의 전문 기관원이자 또 정부의 싱크 탱크들이라는 점에서 보면 굉장히 고급 인력이야. 그동안 연구만 해 오던 사람들에게 규제가 풀려 본격적으로 돈을 벌 수 있는 길이 열렸으니 오죽이나 환영하겠냐고?"

한마디로 고삐 풀린 망아지란 얘기다.

"그, 그게 그렇게 해석됩니까?"

"팀장님, 그게 이번 거래 건과 무슨 함수관계가 있다고 그럽니까?"

"있지, 그것도 아주 많이. 자, 조금만 더 생각을 해 보자. 석, 박사들이 초청 강사로도 가겠지만 반대로 각 기관에서 강의를 의뢰하거나 부탁할 수도 있다고 보면 그만한 장소, 즉 건물이 필요할 것 아니냔 말이다."

"아아, 그렇구나."

"마, 맞다."

"그럼 여기서 또 약간의 머리를 굴려 보자. 행정연구원에서 건물을 구한다면 강의를 해야 할 강연장 혹은 강당의 조건이나 상태가 어때야 할까?"

"그야 넓고 훤히 트여야 하지 않을까?"

"그렇게 되려면 뭐가 없어야 하지?"

"기둥!"

"빙고! 바로 그거다."

"하면 송담빌딩이 기둥이 없는 건물이라는 얘기네."

"맞아. 그리고 또 한 가지 알아야 할 거래의 장벽이 있다."

"장벽? 뭡니까?"

"정부 기관에서 부동산을 매입할 때 반드시라고 해도 좋을 약점이 있다는 걸 잊어서는 안 된다는 거다."

"야, 약점?"

"응, 다름이 아니라 정부가 발주하는 모든 공사가 예산이 딱 정해져 있다는 거지. 이처럼 건물을 매입할 돈 역시 한정되어 있다고 보면 돼. 즉, 예산보다 적다면 상관없지만 만약 금액이 조금이라도 오버되기라도 하면 절대 거래가 이루어지지 않는다는 것이지."

"그…… 말을 듣고 보니 꽤 까다로운 작업이겠는걸."

"맞아요. 그들이 요구하는 것처럼 짜서 맞춘 듯한 건물이라도 있다면 모를까, 전 자신 없는데요?"

송동훈과 장영국의 표정이 조금 시무룩해지는 것을 본 담용이 일부러 그러는지 카운터펀치를 날렸다.

"거기에 더 지랄 같은 경우가 뭔지 알아?"

"에? 또 있어요?"

"집행하라고 준 돈의 임자가 없다는 것이 더 지랄 같다는 거다."

"아! 마, 맞다. 지네들 돈이 아니라서 그런지는 몰라도 임자 없는 돈이라고 함부로 허비해 대는 경향들이 있다는 말은 들었어. 예를 들면 남은 예산을 돌려주지 않고 멀쩡한 보도블록을 덜어 내고 다시 깔아 대는 일로 허비해 버리는 일 등이 그런 거지."

"안경태의 비유가 이상하긴 하지만 어쨌든 담당자가 있다고 해도 돈의 임자가 딱히 없다 보니 행정연구원장이라도 의사 결정을 함부로 하지 못한다는 핸디캡이 있는 거지."

"하긴 잘 쓰면 본전이고 못 쓰면 감사에 걸려 징계감이니……."

"참내, 그럼 어떻게 준비하라고?"

"바로 직방으로 먹혀야 한다는 거다."

"단번에 결정을 보라고요?"

"그래. 답은 바로 송담빌딩에 있다. 정보에 의하면 행정연구원을 옮기는 데 할당된 예산이 100억 내외라고 하니, 적당하다고 본다."

"하면 송담빌딩의 가격이 100억이라는 겁니까?"

"그렇지. 소유자가 직접 짓느라 꽤나 고생한 건물이지만, 도곡사거리 주변이 업무 지역으로 적당치 않아 1년째 공실인 상태지."

"엉? 전층이 다?"

"응. 지금쯤 행정연구원에서도 암암리에 사옥이 될 만한 건물들을 찾아봤을 것이니 좋은 비교가 될 거다. 그러니 빨리 컨셉을 잡아서 컨택을 하도록 해."

"아, 예. 예."

비어 있는 건물에다 가격도 얼추 비슷하니 이만한 조건의 거래가 또 있을까 싶어 조금 들뜨는 안경태다.

"자, 그 정도면 HJ빌딩 건의 수고비로 차고 넘치지?"

"그야 거래가 성립된다면 엄청난 수고비지요, 히히힛."

"그럼 다음으로 넘어가지. 유 선생님."

"말하시게."

"SG모드에 다녀와야겠습니다."

SG모드는 영암의 SG목장의 소유주였다.

"어? 결정이 났는가?"

"아직은요. 하지만 곧 연락이 올 겁니다. 그때를 대비해 미리 언질을 줘 놔야 준비를 할 것 아닙니까?"

"하하하, 매일 코가 석 자나 빠져 있는 서 부장이 그 말을 들으면 좋아하겠군. 하면 어떤 방식으로 접근할 것 같은가?"

"글쎄요. MOU부터 하자고 하지 않겠어요?"

MOU는 양해 각서의 약칭으로 원래 명칭은 memorandum of understanding이다.

주로 기업과 기업 간에 정식 계약을 체결하기에 앞서 쌍방의 의견을 미리 조율하고 확인하는 상징적 차원에서 이루어지는 협약서라고 할 수 있다.

고로 법적 구속력이 없는 것이 통례다.

이 용어 역시 우리나가 IMF를 겪으면서 일반화되기 시작한 말이다.

"하긴 그게 순서이긴 한데……. 8월 말까지가 화의 기한이라서 말이야."

"일단 가셔서 슬쩍 귀띔만이라 해 보세요. 그러면 SG모드 측의 반응이 있을 테니까요."

"알겠네. 다른 건 또 살필 것이 없겠나?"

"있지요. 양해 각서가 체결되는 대로 전속 계약서에 명시된 것처럼 강남 역세권 토지와 종로에 있는 건물에 대해 정식으로 전속 계약서를 작성해 줄 것을 약속받으십시오."

이미 주경연 회장이 매입하기로 결정된 것이라 확실히 해 둘 필요가 있어서 하는 말이었다.

SG목장이 해결되면 SG모드 측에서 보다 좋은 조건에 매각하기 위해 곧바로 말을 바꿀 수도 있기 때문이었다.

SG목장 건이야 거부하면 계약 위반 사례가 되겠지만 강남 역세권 토지와 종로빌딩은 조건부로 첨부된 조항이라 법적인 효력을 기대하기 어려웠다.

"글쎄, 서 부장이 거기까지 권한이 있는지 잘 모르겠군. 아무튼 잘 알았네. 내 최선을 다해 보지. 근데 언제쯤이나 가능할 것 같은가? 그 정도는 얘기해 줘야 할 것 같아서 그러네만……."

"늦어도 다음 주 안에요."

그 정도 시일이면 마크 설리번에게서 연락이 올 것으로 짐작이 되어서다.

"29일까지라……. 알겠네."

"부탁드립니다. 그리고……."

"왜? 말해 보게."

"제가 잠시 자리를 비울지도 몰라서요."

"또 지방 출장인가?"

"하하핫, 비밀입니다."

김도원 때문에 일산에 가야 하는 개인적인 일이라 아무리 격의가 없다고 해도 사실을 털어놓기가 어려웠다.

"뭐, 좋은 소식을 가지고 오길 기대하지. 다녀오게. 수시로 전화해 주는 것만 잊지 말고."

"그럼요."

BINDER
BOOK

친구란

경기도 고양시 덕양구 화정동의 화정역.

전철 3호선인 화정역은 특이하게도 상업지역 주변으로 은, 별, 옥 등의 외자 단어에 주로 '빛'이란 글자를 붙인 마을이 성벽처럼 에워싸고 있는 형상이었다.

하루 동안 열심히 가로질러 온 태양이 비죽이 기울고 있는 해거름이다.

담용이 자신의 애마를 몰고 화정역으로 들어서자마자 가장 먼저 느낀 것은 갑갑하다는 감정이었다.

모두 우후죽순처럼 자라난 듯한 아파트군 때문이다.

시야가 콱 막히다 보니 이곳이 서울 외곽이라는 기분이 전혀 들지 않았다.

'대단하군.'

단 한 번도 와 보지 않았던 지역이라 생경하기도 했지만 불야성을 방불케 하는 활달함이 마치 강남의 중심지에 와 있는 듯해 살짝 당황되는 기분이다.

'주차장이……. 아! 저기 있네.'

마침 머지않은 곳에 30분에 2,000원이라 적힌 푯말이 있는 유료 주차장이 눈에 띄자, 담용을 그리로 차를 진입시켰다.

간이 사무실에 차량의 키를 맡기고 나오는 담용의 휴대폰에서 때마침 진동음이 들려왔다.

액정을 보니 역시나 강인한이었다.

"그래, 형이다."

-지금 어디십니까?

"네가 말했던 주차장에 막 차를 세운 참이다."

-어? 그럼…….

"아아, 잠깐!"

-예?

"도원인 지금 뭐 하고 있냐?"

-방금 저녁 식사를 막 끝냈습니다.

"행색은?"

-분부하신 대로 깔끔하게 단장해 놨지요. 형님, 제발 이 짓거리 좀 그만하게 해 주십시오. 한 대 쥐어박을 수도 없

고…… 열불이 터져서 제가 지레 죽겠습니다.

"짜식, 조금만 참아. 내 이름을 말하지는 않았겠지?"

-그럼요. 형님이 관계됐는지는 생각도 못 할 겁니다.

"짱돌은?"

-아! 조금 전에 연락이 왔는데 구청 직원하고 식사 중이라며 형님이 오시면 곧바로 연락해 달라고 했습니다.

"좀 알아봤대?"

-그렇다던데요.

"흠, 명 사장은?"

-여긴 505혼데 506호와 504호에 나뉘어 있습니다."

"다른 애들도 함께 있냐?"

"웬걸요. 일부는 그 사기꾼 새끼의 동선을 추적하느라 아직 돌아다니고 있고, 일부는 여기 터줏대감들과 대치하고 있지요."

대략의 사정을 얘기해 줬었기에 취한 행동이었지만, 터줏대감들과 대치하고 있다는 말은 금시초문이었다.

"이유가 뭐야?"

-그랑드건설에 들러붙어 있는 놈들입니다.

"그자들이 왜?"

-형님 친구분의 친구 때문인데……. 일단 이리로 오세요. 오시면 말씀드릴게요.

-그래. 놈들과 부딪치거나 하지는 않았겠지?"

"아직은요. 하지만 당장 붙어도 이상하지 않을 정도로 일촉즉발 상탭니다.

"알았다. 거기가 무슨 모텔이라고?"

"잠시만 거기 계십시오. 삼신이를 보낼 테니까요."

"삼신이라니? 걔가 누군데?"

"그 왜 있잖아요? 형님이 영암에서 주워 온 애 말입니다."

"아아, 불닭발 말이냐?"

알고 있었으면서도 김도원에게 신경 쓰느라 깜빡했다.

본명이 독고필승인 불닭발을 강인한이 삼신이라는 별명으로 바꿔 줬다는 기억이 난 것이다.

"히히히, 기억하네요."

"얼마나 걸려?"

"2분요."

"알았다."

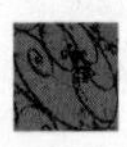

러브하우스 모텔 505호.

강인한과 김도원 그리고 삼신이 묵고 있는 505호는 온돌식이라 침대가 없었다.

꽤나 널찍한 공간이었지만 사내 녀석들만이 묵고 있어서 그런지 술병과 과자 봉지 등 온갖 잡동사니들이 아무렇게나

나뒹굴고 있어 지저분했다.

게다가 방금 식사를 끝낸 방은 음식 냄새가 아직 가시지 않은 상태라 퀴퀴했다.

그런 가운데 김도원은 아예 체념을 했는지 벽에 기대어 만화책을 보는 데 몰두하고 있었다.

그러다가 습관적으로 내뱉는 말 한마디.

"이봐요, 나는 쫄딱 망한 사람이라 털어 봐야 나올 게 아무것도 없단 말이오. 그러니 내보내 주는 게 어떻소?"

"거참, 말귀를 못 알아들으시네. 우린 형씨한테 요구하는 게 없다고 몇 번이나 말해야 알아듣것수?"

"그렇다면 나를 잡아 두는 이유라도 좀 압시다. 벌써 며칠째 잡혀 있으니 형씨 같으면 가만히 있겠소?"

"나참, 부탁을 받고 하는 일이라고 하지 않았수?"

"그러니까 그게 누구냔 말이오? 물어도 대답해 주지 않으니 갑갑해서 미치기 일보 직전이란 말이오!"

"조금만 기다리시오."

퍽!

"에이씨! 당신 같으면 이런 골방에서 나가지도 못하고 며칠씩이나 갇혀 있으라면 있겠소? 차라리 날 죽이든지 아니면 놔주든지 양단간에 결정을 내리란 말이오!"

만화책을 내팽개친 김도원의 얼굴이 점점 붉어지면서 언성이 높아졌다.

하지만 눈 하나 까딱하지 않는 강인한은 그저 손만 훼훼 저을 뿐이다.

"워워, 진정해요. 이제 부탁한 그분이 도착했으니 오늘이 마지막일 거요. 그러니 딱 5분만 기다려요. 그럼 다 해결될 테니까."

"……."

"글고 말이요. 형씨는 정말 운 좋은 사람인 줄 아시오. 씨불. 나 같았으면 어림도 없는 일인데……."

"뭐, 뭘 말이오?"

뭔가 알고 하는 소리 같았지만 김도원은 시치미 딱 떼고는 도리어 반문했다.

"다 알고 있소. 형씨가 그랑드건설의 성봉창이란 사기꾼에게 개털이 됐다는 것 말이요."

"무, 무슨 소리요? 성 회장이 사기꾼이라니?"

"쯧쯔쯔…… 희대의 사기꾼 놈을 아직도 회장이라고 부르다니. 글고 장세찬이라는 친구 놈도 모두 한통속이라는 걸 알고 있수?"

"세찬이는 나와 죽마고우요. 그럴 리가 없소. 그리고 뭘 모르면 잠자코 있을 것이지 왜 사람 염장은 지르고 그래요?"

"나도 뭘 아니까 하는 소리라우. 그리고 말이오. 거……. 갈성규 의원을 너무 믿는 모양인데, 그놈의 실체를 뜯어보면 골수 친일파 새끼라는 걸 아시오? 즉, 믿을 놈이 못 된단 말이오. 이 말은 주엽역의 대형 프로젝트라는 게 다 성봉창과 짜고 친 고스톱이란 뜻이란 말이우."

"풋! 그런 오해야 당연히 할 수 있다고 생각하오. 갈 의원도 지역구의 발전을 위해 투자를 한 것이고 또 일자리 고용 창출을 위해 서로 어울리는 것인데, 그게 뭐가 이상하단 말이오?"

"헐! 도대체 얼마나 투자했기에 그렇게 감싸고도는 거요?"

"흥! 당신 같은 깡…… 흠흠, 알려 줄 필요를 못 느끼오만……."

"씨……불……."

분명히 깡패라고 하려다가 말을 돌린 것을 아는 강인한이 순간적으로 열이 뻗쳤다가 겨우 마음을 진정시켰다.

"거…… 말조심하쇼."

"켐! 그러니까 붙잡고 있지 말고 내보내 달란 말이오. 왜 사서 고생하는 거요?"

'에이 씨파, 형님만 아니면 죽도록 패 버리고 내다 버리겠구먼…….'

처음에는 겁에 질려 말도 제대로 못 하고 버벅거리던 김도원이었다.

그런데 하루 이틀 시일이 지나면서 자신에게 위험이 없다 싶었는지 점점 마음의 안정을 찾기 시작하더니, 이제는 말을 함부로 지껄이는 것도 모자라 아예 대놓고 엉기고 있다.

이에 성질 급한 부하들이 참다못해 다른 방으로 옮겨 가고 자신과 순둥이 삼신이만이 김도원을 지키고 있는 중이었다.

하지만 이 짓거리도 이제 신물이 나던 참이었고 인내도 바닥이 난 한계상황이다.

'씨파! 형님이 하루만 늦게 왔어도 아작을 냈을 텐데…….'

운이 좋은 놈이었고, 좋은 친구를 둔 놈이었다.

똑똑똑.

'왔다!'

벌떡!

자리를 박차고 일어난 강인한이 투덜거리며 잠금장치를 풀었다.

김도원이 몇 번이나 탈출하려 한 것을 알기에 잠금장치를 해 둔 것이다.

"에이씨, 이제야 해방이네."

딸깍.

출입문이 열렸다.

이내 시선에 들어오는 체구는 출입구를 가득 채운 삼신이의 것이었다.

희한하게도 체구에 맞춰서 관이라도 짠 듯이 꽉 찬 모습이다.

곧바로 옆으로 비켜선 삼신이가 말했다.

"형님, 큰형님을 모시고 왔습니다."

"어. 그, 그래. 수고했다."

재빨리 방문 옆에 선 강인한이 담용의 얼굴이 드러나자마자 허리를 넙죽 굽혔다.

일전에 대놓고 큰소리 빵빵 쳤던 죄가 있는 강인한으로서는 몸조심해야 할 때가 도래했던 것이다.

"형님, 오셨습니까?"

퍽!

"아쿠!"

대뜸 머리를 쥐어박힌 강인한이 허리를 더 깊숙이 주저앉혔다.

담용이 일전의 일로 뒤끝이 작렬하려고 할 때다.

출입문을 쳐다보고 있던 김도원이 담용의 얼굴을 알아보고는 엉덩이에 불이라도 덴 것처럼 '화닥닥!' 일어나면서 말을 더듬거렸다.

"다, 다, 담용이……."

씨익.

"녀석, 그래, 나다."

"네, 네가 여, 여, 여긴 어떻게……?"

생각지도 못한 담용의 돌연한 등장에 깜짝 놀란 김도원이 입을 떠억 벌렸다.

하지만 이내 안색이 홱 변하면서 극도로 불안해하는 표정으로 화했다.

"오랜만이다. 그동안 잘 있었냐?"

"그, 그, 그……."

"놀랄 것 없다. 재원이 형에게 네 소식을 듣고 왔으니까."

김재원은 김도원의 형이었다.

"헛! 재, 재원이 형이 말해 줬다고?"

"그래, 근데 꼴이 그게 뭐냐? 나와라."

"어? 그, 그래."

그렇지 않아도 몇 날 며칠을 갇혀 있다시피 한 터라 담용의 입에서 나오라는 말을 듣게 되자 목마른 사막에서 오아시스를 만난 것 같은 기분인 김도원이다.

당연히 후다닥 튀어나올 수밖에.

"인한아."

"예, 형님."

"명 사장에게 나 좀 보자고 해라."

"알았심돠, 형님."

"어? 명 사장은 아까 나갔는데요?"

"엉? 삼신아, 언제?"

"예, 아까 제가 나갈 때요."

"뭐라고 하면서 나가던?"

"곧 큰형님이 오실 때가 됐는데 어디 가냐고 물었더니 금방 돌아올 거라고만 했어요."

"애들과 같이?"

"예, 같이 나갔어요."

"이런, 씨파! 일 났나 보다."

"뭐야? 무슨 일이냐?"

"혀, 형님, 터줏대감들이 일을 저질렀나 봅니다."

"여기도 조직이 있었어?"

"신도시라 먼저 선점하려는 놈들로 인해 오히려 더 치열한 편이죠."

터줏대감을 동네 양아치 아니면 날라리로만 여겼던 담용이 다시 물었다.

"몇 개 판데?"

"살아남은 조직은 하나밖에 없어요. 이곳은 고봉산파가 일통했으니까요. 뭐, 그래 봐야 일산을 장악한 정발산파의 곁가지에 불과하지만요."

"고봉산파라고?"

"예. 알아보니 고양에 있는 유일한 산이더군요. 그리 높은 산은 아니지만 지역색을 살리려고 그랬는지 그 이름을 따서 지었답니다."

"터줏대감이라면 토박이겠군."

"예, 신도시에 흘러 들어온 어중이떠중이들이 더러 섞였지만, 대개는 이곳 출신들이라고 하더군요."

"인원이 제법 되겠군."

"엄청납니다. 소문이 나기로는 고봉산파가 행신 지구까지 먹어 치우려고 인원을 대폭 늘렸다고 합니다."

화정역이 있는 곳은 화정 지구다. 그리고 행신역이 있는 곳이 행신 지구이며 두 곳 모두 덕양구에 소재하고 있다.

즉, 두 지역이 그리 멀지 않은 거리에 있다는 뜻이다.

"흥! 그래 봤자 오합지졸이다. 근데 대치하는 이유가 뭐야?"

"저……. 형님 친구분의 친구가 납치된 친구를 찾기 위해 고봉산파를 이용한 것이 원인이었지요."

"그렇다면 그랑드건설과 고봉산파가 서로 협력 관계라는 거냐?"

"예, 틀림없습니다."

"근거는?"

"성봉창 회장이라는 사람을 철두철미하게 경호하는 걸 봐도 알 수 있지요."

"경호 회사 사람들이 아니고?"

"절대로 아닙니다. 정식으로 경호 훈련을 받은 사람들이야 행동에 절도가 있고 말투에도 예의가 있기 마련이라 딱 표가 나는데, 이놈들은 하는 짓거리만 봐도 그저 껄렁껄렁한 깡패들일 뿐입니다. 그 좋은 예가 있었는데…… 어느 부부가 성 회장에게 사기를 당했는지 다짜고짜 앞을 막고 덤벼들었다가 호위하던 깡패 놈들에게 엉망으로 당하지 않았겠습니까? 자초지종 들어 보거나 하는 최소한의 도리 따위도 없었다구요.”

“시비가 붙은 이유가 이 친구 때문이라면, 우리가 데리고 있다는 걸 알았다는 것 아니냐?”

“그야 진즉에 알고 있었지요. 그 때문에 일산에서 쫓겨나와 화정 지구로 온걸요.”

“여기도 그놈들 구역이잖아?”

“맞아요. 발각되는 거야 우스운 일이죠. 우린 단지 형님이 오실 때까지만 좀 억울해도 조용히 있기로 한 거죠. 아마 시비도 이 근처를 감시하고 있던 놈들과 붙었을 겁니다.”

“알았다. 명 사장에게 전화해 보고 가능하면 지원해 줘!”

“그러죠. 형님은……?”

“나는 여기…….”

툭툭툭.

“이 친구와 한잔 걸치고 있을 테니 끝나면 와.”

김도원의 어깨를 툭툭 친 담용이 어깨동무를 하더니 복도를 걸어갔다.

“형님, 삼신이를 곁에 두지요?”

“일없으니까 같이 데리고 갔다 와. 짱돌이나 내게 보내도록 하고.”

“알겠습돠.”

나름대로 인근에서 소문이 났다는 곱창집으로 들어선 담용과 김도원이다.

쭈우우욱. 탁!

"캬아아-!"

그런데 곱창이 불판에 구워지기도 전에 소주 한 병을 병째로 나발을 불던 김도원이 거칠게 술병을 놓더니 밑반찬으로 나온 김치를 한 움큼 집어서는 우걱우걱 씹어 댔다.

"아줌마-! 여기 소주 한 병 더 줘요!"

"네에-!"

"그동안 술을 굶었냐?"

"응, 새끼가 얼마나 지독한지 캔 맥주는커녕 막걸리 한 잔도 안 주더라."

"제 놈은 마시고?"

"글쎄……."

잠시 생각하던 김도원이 이내 입을 열었다.

"그러고 보니 그 자식도 안 마신 것 같다."

강인한을 두고 하는 말이다.

"식사는?"

"똑같이 먹었어."

"잠은 잘 잤고?"

"그럭저럭."

"해코지는 없었고?"

"처음엔 좀 놀랐는데 시간이 갈수록 되레 내 눈치를 보더라. 그래서 이상하다는 생각만 들었지."

여기서 김도원이 슬쩍 담용의 눈치를 봤지만 더 묻지는 않았다.

때가 되면 얘기를 해 주리라 여기지만 마음이 심란해 더 묻고 싶지도 않았다.

"말씀 도중에 죄송한데요. 잠시 곱창 좀 올릴게요."

앞치마를 두른 아주머니가 웬만큼 달궈진 불판에 곱창을 올렸다.

곱창이 지글대는 소리가 둘 사이에 그나마 잔존해 있던 어색함을 걷어 가 버렸다.

"아픈 데는 없고?"

"없어. 술이 고픈 것 빼고는 다 괜찮았어."

"풋! 네 말을 들어 보니 편하게 지낸 건 아니지만 그렇다고 불편하게 지낸 것도 아닌 것 같군."

"젊은 놈이 그보다 더한 처지라고 해도 내색할 수야 있나? 마음고생이 문제인 거지."

"마음고생이야 당장 치유되기보다는 시간이 약일 테고……. 자, 병나발 불지 말고 오랜만에 내가 따라 주는 술 한 잔 받아."

씨익.

담용이 술병의 뚜껑을 열자 그제야 김도원의 입가에 웃음이 걸렸다.

실로 오랜만에 지어 보는 웃음이었고, 입가에 웃음이 걸리자 마음도 조금 가벼워지는 기분이다.

모두 담용이 나타나고서야 나타나기 시작한 반응이었다.

"조오치."

쪼로로록.

술잔에 가득 술이 채워지고 있는 동안에도 친구지간에 말없는 교감이 오갔다.

담용은 담용대로 그간의 사정을 전혀 묻지 않았고, 지은 죄가 있어 입이 있어도 말할 처지가 못 되는 김도원을 술로나마 안아 주려는 담용의 배려였다.

"내 술도 받아."

이번에는 김도원이 술을 권했다.

"당연하지."

쪼르르륵.

또 한 번 흐르는 서로 간의 교감.

몇 달 동안의 마음고생으로 심신이 지쳐 있던 김도원이 친구인 담용의 너르고 푸근한 가슴에 기대는 순간이다.

깡패로 보이는 이들과의 관계가 궁금하긴 했지만 담용이 자신의 일을 묻지 않듯 김도원도 묻지 않았다.

쪼르륵. 쪼르르륵.

잠시 말을 잊은 두 친구는 그렇게 만감을 주고받으며 권커니 잣거니 마시느라 소주 몇 병을 더 주문해야 했다.

안주로 내온 곱창은 그저 폼인지 손도 대지 않은 채 새까맣게 타들어 가고 있었다.

그렇듯 시름이 하나둘씩 사라져 갈 때, 여주인인 듯한 아주머니가 다급히 다가와서는 곱창을 휘적거렸다.

"아휴! 익은 건 좀 내려놓지…… 다 타네."

"아, 죄송합니다. 저희가 할게요."

그래도 김도원보다 마음의 여유가 있는 담용이 집게를 받아 들고는 곱창을 굽기 시작했다.

"도원아, 그 정도 마셨으면 됐으니 안주도 좀 들어라."

"어, 그, 그래."

"그리고 너……."

"……?"

담용이 말을 끌자 술잔을 들다 말고 표정이 살짝 불안해지는 김도원이다.

"내가 너를 생각하는 것처럼 너도 나를 절친한 친구라고 생각하고 있는 줄 안다."

"……?"

조금은 숙연한 담용의 어투에 의문부호가 완연해진 김도원의 얼굴에 불안감이 짙어졌다.

"아니냐?"

"아, 아니긴……."

살짝 떨려 나오던 말투가 채 끝을 맺지 못했다.

이유는 당장은 친구의 돈을 떼어먹은 못된 친구 입장이었기에 친하다는 말을 함부로 입에 올리기가 껄끄러워서였다.

"평생 동안 실수라고는 하지 않을 네게 지금이 아니면 할 기회가 없을 것 같아서 몇 마디 하려고 하니 절대 고깝게 듣지 말기를 바란다."

"……."

쪼르르륵.

말이 없는 김도원의 빈 잔에 술을 채운 담용이 자신의 잔을 탁 털어 넣고는 다시 입을 열었다.

"사람이란…… 실수하는 것이 정상이고 만약 그 사람이 친구일 경우 그 친구란 이는 친구의 잘못을 용서하고 이해하고 포옹해 주는 사람이어야 한다고 생각한다."

"……."

"또한 우리가 친구라면 서로의 메아리를 주고받을 수 있는 사이여야 한다고 생각한다. 그것도 자주 만나지 못해 서로의 무게를 축적할 시간적인 여유까지 두었던 두터운 사이니 말이야."

쪼르르르……. 쭈우욱. 탁!

"카아! 오랜만에 너와 한잔하니 좋구나. 자, 너도 받아."

자신의 잔을 단번에 비우고는 김도원의 잔에 술을 채우며 말을 잇는 담용이다.

“내 잘못이 크다. 네게 진실하지 못했으니까. 회사를 퇴직하고…….”

쪼르르륵.

김도원이 잔을 채워 주자 담용이 말을 잠시 끊었다가 재차 이었다.

“제법 많은 일이 있었지. 퇴사하고 부동산 전문 회사에 취직을 했다. 공인중개사 자격증도 있었고, 또 원래부터 해 보고 싶었던 일이라……. 아니, 돈을 벌어야 하겠다는 욕심 때문이었다는 말이 더 솔직한 표현이겠군.”

“부, 부동산 회사?”

뜻밖의 말이었던지 김도원이 의외란 표정을 자아냈다.

연이어 부동산이란 용어에 김도원의 뇌리로 악몽과도 같은 그랑드건설의 프로젝트가 떠올라 머리가 지끈거리기까지 했다.

“그래, 신입 사원으로 들어가 정신없이 바빴지. 그 때문에 네게 연락하는 것도 소홀했다는 걸 솔직히 시인하마.”

“푸헐! 내가 무슨 어린앤가?”

“하하핫, 어린애는 아니라도 철부지는 맞잖아?”

“헐! 처, 철부지?”

“그래 인마, 모친을 생각하면 네 녀석이 이러면 안 되는 거지.”

“…….”

담용의 직격탄에 할 말을 잃은 김도원이 애꿎은 술만 털어 넣었다.

‘크으……. 어, 엄마.’

그러지 않아도 모친 때문에 모진 목숨을 끊지 못하고 있었던 터였다.

모텔에서 강인한에게 큰소리 탕탕 쳤지만 실상은 곧 죽어도 인정하고 싶지 않은 마음에서 해 대는 발악이나 다름없는 허무한 몸짓일 뿐이었다.

지금쯤 모친은 몸져누웠을 것이다.

정말 몸이 아파서가 아니라 자식을 걱정하는 마음이 지나쳐서일 것이다.

“너도 알다시피 내가 특전사 출신이잖냐?”

“…….”

모를 리가 없다.

“부동산이란 게 말이다. 설렁설렁 움직여서는 피죽도 제대로 챙겨 먹지 못하는 직업이더라고.”

“……?”

“아아, 쉽게 말해서 독한 마음을 먹지 않으면 제 밥그릇을 찾아 먹지 못하는 분야라는 말이지.”

“그래서 아까…….”

계속 말을 않고 있는 것도 모양새가 아니라 여긴 김도원이 모텔에서의 상황을 떠올리며 한마디 했다.

"그래, 일을 하던 도중 시비가 생겨서 특전사 시절의 실력을 발휘할 기회가 있었지. 어쩌다 인연이 됐지만 으레 그렇듯이 사내들이 친해지는 데는 주먹질과 술이 최고잖아."

"하긴……."

서로 주먹다짐을 한 후 술로 화해를 했다는 얘기다. 더불어 서열이 매겨졌다는 말도 된다.

"애들이 나를 부르는 호칭을 들었지?"

"응."

체구가 큰 덩치와 차돌같이 단단해 보이던 사내들이 담용을 보고 큰형님이라고 부르던 소리를 똑똑히 들었던 김도원이다.

김도원에게는 생소한 모습과 호칭이었던 터라 당시는 담용에게서 마치 영화에서나 보던 협객 김두한 같은 냄새가 나는 것만 같았다.

"네가 짐작하다시피…… 뒷골목 애들의 대빵을 먹어 부렀다. 그 덕분에 애들을 풀어 너를 찾도록 지시를 내릴 수 있었고 금세 찾을 수 있었지."

"……!"

입이 있어도 할 말이 없는 김도원이었지만 거짓말 같은 사실에 놀라움을 금치 못하는 기색까지 숨기지는 못했다.

이건 무슨 애들 딱지치기 챔피언을 가리는 것도 아니고, 그 험하다는 조직폭력배의 두목이라니.

아니, 얌전하다고 믿고 믿었던 친구가 세상이 혐오하는 깡패 두목이 되었다니!

이걸 믿으란 말인가?

깡패들 입에서 '큰형님'이라 부르는 소리를 듣긴 했지만 긴가민가했었다.

그런데 본인 입에서 직접 들으니 믿지 않을 수도 없다.

"아아, 완전히 폭 담근 건 아니고, 난 내가 할 일을 하면서 일이 있을 때만 서로 협조하는 관계다. 그러니 너무 우려하지 않아도 돼."

"아, 알아."

체질적으로 나쁜 길과는 어울리지 않는 담용이라 그의 입에서 나오는 말들은 모두가 괜히 하는 게 아님을 안다.

"빨리 오려고 했는데, 지방으로 출장을 가 있는 통에 늦었다. 그 점은 미안하게 됐다."

"괘, 괜찮아. 편하게 있었는걸 뭐……."

"너…… 형수님이 너를 찾느라 일산을 헤매고 다녔다는 걸 알아?"

"뭐? 혀, 형수님이?"

"그래, 짜샤."

"크윽."

쪼르르륵. 쭈우우욱. 탁.

"몸이 약한 분이신데……."

쪼르르르……. 턱.

술을 따르는 김도원의 손목을 담용이 잡았다.

"술로 괴로움을 푸는 것은 좋지 않아."

"술이라도 안 마시면 나더러 어쩌라고?"

"전화를 해 드리면 되지."

"저, 전화?"

"응, 그래야 지금 이 시간까지도 너를 찾아 일산을 헤매고 다닐 형수님이 안심하고 집으로 돌아갈 것 아니냐?"

"……."

지은 죄가 있어 쉽게 결정하지 못하고 머뭇거리는 김도원에게 담용이 한마디 더했다.

"네가 전화를 하면 몸져누우신 모친께서도 자리를 털고 일어나실 거다."

스윽.

감정선을 건드린 지금이 기회라 여긴 담용이 휴대폰을 슬며시 내밀었다.

"……."

자신 앞으로 내밀어진 휴대폰을 멀거니 쳐다보는 김도원의 눈에 복잡한 빛이 어렸다.

망설이는 이유는 단연 면목이 없어서다.

자신의 전 재산은 물론 모친에 이어 형인 재원의 돈까지 전부 털어먹다 보니 가족들의 목소리를 들을 용기가 나지 않는 것이다.

무엇보다 먼저 듣고 싶은 목소리였고 한달음에 달려가 보고 싶은 얼굴들이었지만, 지금은 피하고 싶은 가족들이었다.

담용은 김도원의 복잡한 심사를 충분히 이해하기에 가만히 지켜보고 있었다.

이윽고 결심을 했는지 입매를 지그시 다문 김도원이 휴대폰을 쥐었다.

"통신 기록 세 번째 칸에 있을 거다."

화정으로 오면서 김재원에게 김도원을 찾았다는 연락을 해 줬었기에 액정만 열면 볼 수 있었다.

하지만 그 말을 김도원에게는 하지 않았다.

꾸욱.

마침내 송신 버튼을 누른 김도원이 주저하면서도 휴대폰을 귀에 갖다 댔다.

아마도 모친과 형수의 일이 결정적으로 마음을 움직였을 것이다.

-여보세요! 담용 씨?

담용의 전화였으니 당연히 휴대폰의 임자를 부르는 호칭이다.

그런데 김재원의 음성이 얼마나 컸는지 담용의 귀에까지

들려왔다.

"형…… 나, 나야."

-도, 도원이냐?

"응."

-너…… 이 자식!

"……."

-휴우-! 모, 몸은 괜찮으냐?

"괜……찮아."

-그럼 됐다.

"어, 엄만?"

-어떠실 것 같냐?

"……."

-어머닌 아마도 네가 와야 일어나실 것 같다.

"……."

-다 잊어버리고 집으로 와라.

"혀, 형수님은?"

-잠시…… 시장에 갔다.

"……."

번연히 알고 있는데도 걱정하지 않게 하려는 형의 마음 씀씀이임을 모르지 않는 김도원은 순간 울컥해지려는 마음을 다잡았다.

하지만 코끝이 시큰해지면서 눈에 습막이 이는 것을 눈치챈 담용이 얼른 휴대폰을 빼앗았다.

"형님, 접니다."

—아! 담용 씨.

"도원이는 오늘 안으로 집으로 보낼 테니 그렇게 알고 계세요."

—그, 그래요. 꼭 좀 설득시켜서 집으로 오게 해 주세요.

"염려 마세요. 이곳 일은 전부 해결됐으니 집으로 갈 겁니다."

—고, 고맙소.

"하하핫, 장가도 안 간 놈이 갈 곳이 어디 있겠습니까? 저와 잠시 회포를 푸는 술 한잔 마신 뒤에 보내 드리겠습니다. 그러니 조금만 기다리십시오. 어머니께도 그렇게 전하시고요."

—그럴게요. 정말 고맙소.

"별말씀을. 이만 끊겠습니다."

—예. 예.

탁!

폴더를 닫은 담용이 눈을 동그랗게 뜬 채 자신을 쳐다보고 있는 김도원에게 싱긋 웃어 보였다.

"왜?"

"해, 해결이 다 됐다니……. 그게 무슨 말이야?"

"그 전에 먼저 묻자. 재원이 형에게 대충 듣긴 했는데, 투자한 돈이 모두 얼만지 네 입으로 직접 들어 보고 싶은데……. 모두 얼마야?"

"……."

"괜찮으니까 말해 봐라. 내게 생각이 있어서 물어보는 거니까."

"……."

"이 자식이 갑자기 입에 꿀을 처발랐나? 왜 말을 못 하고 그래?"

"……."

담용이 그렇게 다그쳐도 도통 입을 열 생각이 없어 보이는 김도원은 술만 연거푸 들이켰다.

'하아, 이 자식…….'

대체 얼마나 큰 금액을 사기당했기에 돈에 그리 연연하지 않던 녀석이 입을 꾹 다물고 있는지…….

그러나 이는 담용이 잘못 생각하고 있는 부분이었다.

돈도 돈이지만 김도원의 마음에 더 큰 충격을 가져다준 것은 다름이 아닌 죽마고우로 여겨 왔던 친구에게 사기를 당했다는 점이었다.

김도원의 교우 관계를 모르고 있는 담용이 여기까지 생각이 미치지 못하는 건 당연했다.

"도원아, 내가 요즘 여유가 있어서 책을 좀 많이 읽는 편이거든."

"……."

"친구에 대한 얘기가 있더라. 무슨 말이냐 하면…… 친구란 만남 자체가 그냥 눈뜸이 아니라 서로 영혼의 진동이 있어야 한다고 하더라."

"……?"

내도록 꿀 먹은 벙어리이던 김도원의 눈이 약간 이채를 띠었다.

"영혼의 진동이 없다면 그건 만남이 아니라 한때의 단순한 마주침이기 쉽다고 하더라. 우리도 영혼의 진동이 없다면 조금 더 잦은 마주침일 뿐이라는 거지."

"……!"

감정선을 건드렸는지 김도원의 눈빛이 눈에 띄게 흔들렸다.

"누군가 그러더군. 사람이 하늘처럼 맑아 보일 때가 있다고……. 난 네 녀석이 내가 가장 어려울 때 손을 내밀어 준 그 당시를 잊지 못한다."

"……?"

"그러니까…… 장장 반년 가까이 네 녀석이 갖은 명목과 이유를 대면서 내 몫의 점심값까지 계산한 거 말이다."

"……."

"난 알면서도 그땐 어쩔 수 없이 신세를 질 수밖에 없었다. 너 아니었으면 굶기로 작정한 궁핍한 시절이었으니까.

그런데 말이다."

"……?"

"창피하다는 생각이 들기도 했지만 동시에 네게서 나던 기분 좋은 냄새를 지금까지도 기억하고 있을 정도다. 난 그것이 바로 방금 말한 하늘 냄새가 아니었나 싶다. 그리고 너와 난…… 서로 각자의 인생에 다가온 가장 큰 보배라고 여겨야 해. 난 앞으로도 그렇게 생각하며 살아갈 건데 넌 어떠냐?"

그렇게 말해 놓고는 더 채근하기도 뭣했던 담용이 아무 말 없이 기다렸다.

김도원의 입이 몇 번이고 실룩거렸다.

기실 김도원은 담용이 자신을 그토록 생각하고 있었을 줄은 생각도 못 했던 터라 심히 당황하고 있는 중이었다.

입을 떼려다가 다물고 또 떼려다가 다물며 한참을 망설이던 김도원의 입이 마침내 열렸다.

"좀……."

"그래, 좀?"

"많아."

"알아. 네 녀석이 적은 돈에 그렇게 꽁하고 있을 놈이 아닌 걸 내가 아는데……. 얼만지 속 시원하게 말해 봐."

"십육억."

"뭐? 시, 십육억이라고?"

"응. 그래서 많다고 했잖아?"

"쩝, 생각했던 것보다 많긴 하네."

"그래, 내가 잠시 미쳤었다."

"살다 보면 그런 때가 있지. 그것도 못 하면 사는 게 너무 밋밋하잖아?"

"……?"

"누구 돈이 제일 급해?"

"너……."

"난 상관없으니 빼."

"어떻게……?"

절레절레.

"그럴 수는 없어."

"투자한 것 아니었어?"

"맞아."

사기를 당해서 그렇지 투자한 건 확실하다고 말할 수 있다.

"그럼 내 것도 같이 투자했을 테고……."

"응."

"너…… 투자라는 개념은 알지?"

"알아."

"그래, 우리 경우는 동업이지. 즉, 같이 돈을 투자해서 같이 일을 하고 수익이 나오면 지분에 따라 수익을 배분하는 동업이란 말이다. 또 쫄딱 망했다면 같이 망하는 것이고."

"객쩍은 소리. 설사 그렇다손 치더라도 네게 말도 하지 않고 유용한 결과야."

"뭐, 그렇다고 쳐. 근데 만약 네가 내 입장이었으면 투자한 돈을 달라고 하겠냐?"

"……?"

"거봐, 말을 못 하지."

"쳇! 고민할 시간도 주지 않고 금세 단정해 버려 놓고선……."

"인마, 첫 마음이 진짜인 거야. 어쨌든 내 생각엔 모친과 재원이 형의 돈이 가장 급하겠지. 그렇지 않냐?"

"……."

"새애끼."

차마 대답을 못 하는 김도원을 한번 쏘아본 담용이 재킷 주머니에서 두 개의 봉투를 꺼내 내밀었다.

"받아."

"……?"

"일단은 쓰고 나중에 갚아."

"뭐야? 도, 돈이야?"

"그래, 네게 지금 당장 필요한 게 돈 말고 뭐겠냐? 그거라도 있어야 집으로 들어갈 면목이라도 서지."

두말하면 잔소리다.

가족들의 돈이라도 찾았다면 바깥에서 헤맬 이유가 없었

다.

상황이 변하든 변하지 않든 집에서 형수가 해 주는 따신 밥 먹고 느긋하게 와서 장세찬을 찾아보거나 그도 아니면 그랑드건설의 사정을 알아봐도 되었다.

"확인해 봐. 그래야 내게 얼마를 갚아야 할지 알 테니까."

담용의 채근에 마지못해 봉투 하나를 집어 들던 김도원에게 담용이 다른 봉투를 가리켰다.

"그것 말고 옆에 것을 먼저 봐."

"……?"

시키는 대로 봉투를 집어 드니 별로 두께가 느껴지는 것 같지는 않다.

하지만 내용물을 꺼내 본 김도원의 눈은 금방이라도 툭 튀어나올 만큼 커졌다.

"유, 육억!"

비명과 다름없는 경악성을 내뱉은 김도원이 얼른 물었다.

1억짜리 수표가 여섯 장이니 틀림없는 액수였다.

"어, 어떻게 알았어?"

집에서 갖다 쓴 금액임을 인정하는 물음이었다.

"형이 말해 줬어?"

"아니, 그냥 대충 계산을 해 본 거다. 내 돈과 네 돈을 합치면 최소한 10억은 될 것이고 재원이 형의 눈치를 보니 그 정도 금액은 집에서 갖다 썼을 것 같아서 준비해 온 거다."

"도, 돈이 어디서 나서……."

"인마, 지금 나를 무시하냐?"

"그 말이 아니잖아?"

"씨불 넘, 그동안 내가 번 거니까 이상한 생각하지 마라."

"부동산으로?"

"그래, 법인 물건만 취급하니 한 번이라도 거래를 성사시킬 수 있다면 성과급이 제법 돼. 그런 이유로 원상체인을 그만두기도 했고."

"젠장, 나도 데려가지……."

"넌 공인중개사 자격증이 없잖아?"

"그거야 따면 되지. 그까짓 게 뭐가 어렵다고……."

"푸헐! 이놈이 딴 세상에서 왔나. 그 말을 공인중개사 시험을 준비하는 사람들이 들었다면 입에 거품을 물고 덤벼들 거다."

"아니 왜?"

"됐고. 사정을 모르면 국으로 가만히 있어. 정 하고 싶으면 이 일을 끝내 놓고 도전해 봐. 그러면 알게 될 테니까."

"아, 알았다."

기실 김도원이 문외한 분야인 부동산, 즉 공인중개사 시험이 얼마나 어려운지 알 리가 없다.

오죽했으면 우스갯소리일망정 사법시험보다 더 어렵다는 말이 나올 정도일까.

"이, 이건 뭐냐?"

김도원이 또 하나의 봉투를 가리키며 물었다.

"뭐긴 뭐겠냐? 백수가 된 네놈의 용돈이지."

"요, 용돈?"

"그래, 인마. 그 나이에 알거지가 된 놈이잖아? 엄마나 형에게 용돈을 타서 쓸 나이도 아니고……. 그렇다고 눈치나 보면서 집에서 세월을 죽일 수도 없으니 어떡하겠냐? 이번 기회에 그 돈으로 독립해서 집을 나와."

"……?"

그렇게까지 말하니 김도원은 돈이 얼마인지 궁금해졌다.

봉투의 내용물을 확인한 김도원의 입이 다시 한 번 쩍 벌어졌다.

"이, 일억!"

"그 금액이면 너 혼자 살 소형 아파트 전세 정도는 얻을 수 있을 거다."

"고, 고맙다."

"갚아, 짜샤."

"아무렴. 갚아야지. 갚고말고."

이제야 외출 나갔던 정신이 돌아오는지 안색이 조금 밝아지는 김도원이다.

"그리고…… 여기 일은 내게 맡기고 넌 이제 집에 가."

"그건 곤란해. 꼭 잡아야 할 놈이 있어."

"누구? 장세찬이?"

"어? 알고 있었어?"

"응, 재원이 형 말이 그놈이 네 죽마고우라고 하더라."

"한때는 그랬지. 오랜만에 나타나긴 했지만 믿는 바가 컸던 놈이기도 했고."

"그런데도 뒤통수를 까였다?"

"쩝, 할 말 없다."

"이런 말이 있지. 오랫동안 소식이 없다가 갑자기 앞에 나타나서 알랑대는 친구는 반드시 경계를 해야 한다고. 이유가 뭔지 알아?"

도리도리.

"반드시라고 해도 좋을 돈 이야기를 하게 되어 있고, 그 돈을 주게 되면 또 반드시라도 해도 좋을 만큼 떼인다는 거야."

"그래, 그 말…… 실감하고 있다."

"장세찬이 그놈 그랑드건설에 없지?"

"사표 내고 그만뒀다고 하더라."

"사기꾼들의 전형적인 수작이다. 그러니 여긴 내게 맡기고 집으로 가라."

"그, 그건……."

"약속할게. 반드시 네 돈을 찾아서 돌아갈 거라고. 날 믿는다면 그렇게 해 줘."

"……."

"대답 안 해?"

"아, 알았어. 일단 집으로 돌아가겠다."

"잘 생각했다. 그리고 네가 있어 봐야 방해만 돼. 자칫 조직 싸움으로 번질 수가 있어서 그래. 지금도 싸우고 있을지 몰라."

"하지만 아무리 위험해도 당사자인 내가 손 놓고 있을 수는 없어. 이건 내 자존심 문제라구."

담용은 김도원의 격한 반응에 집착이라기보다는 제대로 분통을 터뜨리지 못해서 생긴 감정이라는 것을 알았다.

"좋아, 그럼 이렇게 하지."

"어떻게?"

"내게 이틀만 시간을 줘."

"이틀?"

"응, 그때까지도 해결이 안 되면 네가 여길 오는 걸 허락하지. 어때?"

"조, 좋아."

이틀 정도는 참고 견딜 수 있을 것 같았다.

"그럼 이제 집으로 가 봐. 나도 가 봐야……. 어? 마침 잘됐네."

당장이라도 김도원을 집으로 보내려던 담용의 시선에 때마침 짱돌과 독빽이 식당 안으로 들어서는 것이 보였다.

"큰형님!"
"그래 짱돌, 마침 잘 왔다."
"예?"
"너 차 키 가지고 있지?"
"예."
"그거 이 친구 줘라."
"알겠습니다."
"너희 둘은 여기서 뭐 좀 먹고 있어."
"옙! 잘 먹겠습니다!"
"술은 곤란하다는 거 알지?"
"알고 있습니다."
"도원아, 나가자. 내가 너 가는 것 보고 움직여야겠다."
"아, 알았어."
계산대로 향하던 담용이 주인아주머니에게 물었다.
"아주머니, 대리 기사 전화번호 있죠?"
"그럼요."

BINDER BOOK

고봉산파

–형님, 아직도 곱창집이에요?

"그래, 애들 뭘 좀 먹이느라고. 어떻게 됐냐?"

–지금 도주 중입니다.

벌떡!

"뭐? 왜?"

–짭새들이 떠서요.

"뭐라? 짭……."

약간 흥분하던 담용이 주변의 눈치를 보더니 말을 슬쩍 바꾸었다.

그러지 않아도 경찰이 떴다는 말에 깜짝 놀라 벌떡 일어나는 통에 주위의 시선이 쏠리던 참이라 말을 조심할 필요가 있었다.

'젠장.'

"잠깐 기다려."

서둘러 식당을 빠져나간 담용이 급히 물었다.

"경찰들이 왜?"

—주민이 신고를 했는지 한창 격투가 벌어지고 있는데 싸이렌 소리가 들려왔지 뭡니까?

"애들은 괜찮아?"

—잡힌 애들은 없어요. 짭새들이야 항상 뒷북이나 치는데요 뭐.

"인석아, 지금 그걸 묻는 게 아니잖아?"

—아아, 다친 애들이 좀 있긴 하지만 그리 심한 건 아닙니다.

"인마, 무조건 성수병원으로 보내!"

—알았어요.

"명 사장 식구들도 마찬가지다."

—예.

"고봉산파 애들은?"

—크크큭, 아주 작살을 내 버렸지요.

"어? 그래?"

—예, 처음엔 우리보다 쪽수가 세 배나 많아서 좀 쫄았었는데, 이건 쪽수만 많았지 완전히 오합지졸이더라구요. 게다

가 우리 애들은 증평에서 받은 훈련의 효과 때문인지 악바리 근성에다 지칠 줄 모르는 스태미나로 엄청 잘 싸웠거든요.

"근데 왜 다치고 그래?"

-에이, 연장 가지고 싸우는데 스치기만 해도 상처가 제법 크죠. 암튼 묵사발을 만들어 놨으니 앞으로는 함부로 까불지 못할 겁니다.

"그놈들은 잡혔나?"

-20명 정도가 운신을 하지 못할 정도로 얻어터졌으니, 다 피하지는 못했을 겁니다.

몇 명 정도는 잡혔을 거라는 얘기다. 이는 곧 검문이 이루어지는 단초가 된다.

'쯧, 경찰들이 깔리겠군.'

이곳 화정은 고양경찰서 관할이라 바로 코앞에 위치해 있었다.

"넌 괜찮고?"

-히히힛, 지금 제 걱정을 해 주시는 겁니까?

"쓸데없는 소리 하지 말고 묻는 말에 대답이나 해!"

-저야 원래 몸뚱이 하나만큼은 튼튼하게 물려받았으니 걱정하지 않아도 돼요.

"지금 있는 곳이 어디냐?"

-화정 지역을 피해 일산 방향으로 가고 있는 중입니다.

역시 동생들도 검문이 있을 것을 예상했다는 얘기다.

"거긴 정발산파가 있다며?"

일산의 정발산파가 화정의 고봉산파 본류라 할 수 있는 조직이라는 말을 들어서 하는 말이다.

—그러니까 더 이곳의 일을 알기 전에 스며들어야지요.

"좋아. 자리를 잡으면 연락해. 나도 그리로 갈 테니까."

—예.

"놈들이 잡혔다면 검문이 시작됐을지도 모르니 넌 명 사장하고 같이 움직이고 애들은 2인 1조로 행동하게 해. 혹시라도 일산경찰서에까지 협조를 요청했을 수도 있으니까."

—그럴게요.

"끊는다."

—예.

고봉산파 근거지.

두목인 흑곰 이상구는 지금 덩치가 아까울 정도로 쩔쩔매면서 전화를 받고 있는 중이었다.

—뭐야? 이 씨× 넘아! 그까짓 근본도 모르는 뜨내기 놈들에게 당했다는 게 말이나 돼?

"저, 혀, 형님, 그것이……."

—시끄럿! 새꺄! 당장 나가 뒈져 버려!

"죄, 죄송합니다."

얼마나 쩔쩔매는지 비지땀을 연방 흘리는 이상구의 상체는 금세 흥건해졌다.

–이 새끼가 조금 편해졌다고 그새 배때기에 기름이 꼈다 이거지?

"혀, 형님, 아닙니다. 제가 기필코 이 자식들을 잡아와 바치겠습니다!"

–새꺄, 내가 사람 잡아먹는 식인종이야, 갖다 바치게?

"그, 그런 뜻으로 말한 게……."

–시끄럿! 몇 놈이나 딸려 갔어?

"여, 여섯 명……."

–씨불 새끼. 지 새끼 하나도 간수하지 못하는 띨띨한 병신.

"금방 빼 오겠습니다."

–그놈들은 몇 명이나 딸려 갔어?

"하, 한 명도…… 안 잡혔습니다."

–허이구 두야. 너 이 새끼, 당장 김도원이란 놈 찾아서 데리고 와!

"옙!"

"글고 놈들 중 아무나 한 놈 잡아서 이리로 튀어 와!

"아, 알겠습니다, 형님!"

–끊어! 새꺄!

쾅!

'이크!'

수화기에서 들려오는 소음이 워낙 컸던 탓에 흑곰이 얼른 전화기를 귀에서 떼며 눈살을 찌푸렸다.

그러나 잔뜩 찌푸려졌던 인상은 이내 살인적인 눈빛을 띠며 애써 아픈 부위를 참아 가며 주욱 늘어서 있는 부하들에게 쏘아졌다.

아쉬운 대로 응급처치는 한 것 같지만 당장 병원으로 가야 할 부상자가 있음에도, 구박을 있는 대로 당한 흑곰의 표정은 일그러질 대로 일그러져 당장이라도 폭발할 기세다. 고로 입에서 나오는 말이 그리 고울 리가 없었다.

"× 같은 넘들……. 나를 꼭 욕먹게 해야 속 시원하냐?"

"……."

"혀, 형님, 화를 내시더라도 부상당한 애들을 일단 병원에 보내 놓고……."

"촉새, 이 새끼야, 내가 그걸 몰라서 가만히 있는 줄 알아?"

"아, 압니다. 지금 병원으로 가면 경찰의 표적이 된다는 걸 제가 왜 모르겠습니까?"

"그런데도?"

"그래도 치료부터……. 그러지 않으면 쟤들, 아니 밖에 있는 애들까지 병신이 될지도 모릅니다."

"씨발……."

구구절절 옳은 말이라 흑곰도 촉새의 말을 마냥 무시할 수만은 없었다.

그러지 않아도 부하들의 몰골을 보는 순간 난장을 칠 맛이 나지 않던 참인데 촉새가 눈치를 채고 말리고 나선 것이다.

그래도 나름 무식한 놈들 틈바구니에서 머리가 제법 돌아가는 놈이 촉새라 말을 들어주어서 나쁠 것은 없었다.

촉새가 입에 담지는 않았지만 눈치가 그리 둔하지 않은 흑곰도 부하들을 방치하게 되면 전력에 누수가 생긴다는 것쯤은 알고 있었다.

"에이! 씨팔!"

쾅-!

보고 있자니 울화가 치밀고 열불이 터지는데 화풀이를 할 길은 없으니 애먼 탁자만 내리치는 흑곰이다.

'어떤 시러베자식인지…… 잡히기만 하면…….'

속내야 잡아 죽일 놈들이었지만, 부하들의 몰골을 보면 한편으로는 섬뜩한 맘도 없지 않은 흑곰이다.

대가리가 깨진 놈은 칭칭 동여맨 붕대에 배어 나온 피로 흥건했고, 골절상을 당한 놈은 부목이랍시고 작대기를 구해다가 대충 대 놓은 상황이었으니, 언뜻 봐도 모지락스럽게도 당한 표시가 확 나고 있지 않은가?

부하들을 무려 60명이나 동원해 붙은 싸움이라 일종의 다구리나 마찬가진데 저런 몰골이 되도록 쥐어 터졌으니 상대가 은근히 두렵기도 했다.

그렇다고 내색을 할 수는 없는 일.

그나마 이 지역을 고수하려면 전력에 공백이 생기는 일만큼은 막아야 했다.

몇 명 되지도 않는 쪽수로 지키고 있어 봤자 외곽으로 밀려난 놈들이 쳐들어오기라도 하면 끝장인 것이다.

'니미럴…….'

"촉새, 애들 빨리 병원에 보내!"

"잘 생각하셨습니다."

"경찰이 찾아오면 어떻게 하는지 알지?"

"에이, 그거야 기본이죠."

기실 뒷골목을 누비고 다니는 조직의 패거리들이라면 촉새의 말대로 기본으로 알고 있는 사항들이다.

조직들의 패싸움이 있었던 것을 경찰이 인지하는 그 순간부터 병원부터 뒤지는 것은 상식이다.

하지만 현행범이 아닌 이상 체포하기가 쉽지 않은 것은 부상당한 부위에 대한 핑곗거리가 너무 많다는 점이다.

직접 보지를 못했으니 넘어져서, 서로 씨름하다가, 퍽치기를 당했는데 고소하고 싶지 않다는 등의 이유를 댄다면 딱히 체포할 구실이 되질 않기 때문이다.

"그래도 멍청한 놈이 생길 수 있으니 단단히 주지시켜서 보내! 글고 꼴도 보기 싫으니 다 내보내!"
"알겠습니다. 야야, 다 나가!"
촉새가 부하들을 서둘러 내보냈다.
"그리고 제비는 애들을 병원에 데리고 가서 돌봐 주고."
"알겠심다, 형님."
허여멀건 사내를 필두로 실내를 가득 채우고 있던 부하들이 우르르 나가자 흑곰이 촉새에게 물었다.
"촉새, 어디서 온 놈들인 것 같냐?"
"전혀 감이 안 잡힙니다."
"전혀?"
"예. 적어도 구파발까지는, 아니 은평구 전체를 통틀어도 그런 애들은 없다고 확신합니다."
"그래, 우리 애들을 저렇게 형편없이 깰 정도의 세력이라면 내가 모르고 있을 리가 없지."
"형님, 생각해 보니 문제의 발단이 날칼 형님이 김도원이란 자식을 찾으라고 할 때부터였다고 여겨집니다."
"맞아. 날칼이 도움을 부탁한다고 할 때부터였어. 그, 그래서?"
"가능성이 희박하긴 한데……. 혹시 김도원이란 놈이 외부에다 도움을 요청한 건 아닐까 하고 생각을 해 봤습니다."
"뭐? 그거…… 근거가 있는 얘기냐?"
"가능성이 희박해서 그렇지 근거는 충분합니다."

"마, 말해 봐라."

"예, 제가 좀 알아봤는데……."

"누구에게 알아봤는데?"

"마빡이에게요."

"마빡이라면 네 친구이자 날칼의 오른팔이란 놈 말이지?"

"예. 마빡이 말하기를 우리가 찾는 김도원이란 놈이 제 친구 놈의 말에 꼬여 투자한 돈이 십오억이 넘는답니다."

"헐! 시, 십오억씩이나?"

"그렇게 엄청난 돈을 사기당했으니 찾아 주면 절반, 그러니까 칠억이든 팔억이든 주겠다고 협의를 했을 수도 있다는 것이 제 생각입니다."

"엉?"

"그렇지 않으면 뜬금없이 나타나 김도원이란 놈을 보호하면서 우리와 싸울 이유가 없질 않습니까?"

"호오! 그거…… 그럴듯한 말이다."

"나와바리 싸움이라면 굳이 김도원이란 놈이 낄 이유가 없지요."

"맞다. 나와바리를 차지하려고 했다면 우리가 관리하는 업소부터 박살 냈겠지."

"그렇지요."

"근데 말이다. 우리가 저렇게 많이 당했을 때는 그놈들의 피해도 꽤 되겠지?"

"그게 좀……."

"왜? 화 안 낼 테니 말해 봐라."

흑곰이 주저주저하는 촉새를 채근해 댔다.

"돌빵의 말에 의하면……."

"아! 그 자식……. 빙빙 돌리지 말고 빨리 말 못 해?"

"이, 일방적으로 당했다고 합니다."

"뭐라? 일방적으로 당하다니? 뭔 소리야?"

"예, 도저히 상대가 안 되더라고……."

"헐! 놈들의 숫자가 그렇게 많았나?"

"아뇨. 이, 이십 명 정도……."

"뭐, 뭐라고? 이십 명?"

"예. 쪽수가 3분의 1밖에 안 되는데도 하나같이 엄청 세더랍니다."

"이런……."

촉새의 계속되는 말에 흑곰의 얼굴이 시꺼멓게 죽었다.

돌빵이라면 고봉산파의 행동대장이다.

더구나 앞장서서 싸우다가 가장 심한 부상을 당한 돌빵이의 말이었으니 그의 말을 마냥 무시하기는 어려웠다.

"형님, 이대로 가다간 구역을 지키기 어려울지도 모릅니다. 그러니 날칼 형님에게 지원을 요청해야 합니다."

"짜샤, 그렇게 되면 내 얼굴이 어떻게 되겠냐?"

"그렇다고 계속 피해만 입을 수는 없지요. 형님이 한 번만 자존심을 굽히면 구역을 지킬 수 있습니다."

"끙."

말이야 백번 옳지만 날칼이 자신과 경쟁 관계에 있다는 것이 선뜻 나서지 못하고 주저하게 만들었다.

흑곰이 주저하는 이유를 모르지 않는 촉새가 조심스럽게 입을 열었다.

"저……."

"……?"

"형님, 그래야만 우리와 동등해집니다."

"응? 뜬금없이 뭔 말이냐?"

"지금 우리가 전력이 많이 깎였으니 날칼 형님의 세력과 동등해지려면 피해를 입혀야 한다는 말입니다."

"어?"

"자존심이 상해도 굽히고 들어가십시오. 또 대가를 원하면 뭐든 양보하시고요."

"그러니까 네 말은…… 내가 뭐든 양보해서라도 외부 세력과 날칼을 충돌하게 만들라는 말이지?"

"바로 그겁니다."

"그러다가 날칼이 덜컥 잡아 버리기라도 하면?"

"형님과 날칼 형님의 세력이 비등한데 그럴 리가 있겠습니까?"

"흐흠, 조금 생각을 해 보자."

"그러십시오. 전 나가서 좀 더 나은 방법이 있는지 강구해 보겠습니다."

"그렇게 해."

"그럼……."

촉새가 살짝 고개를 숙이고 문을 열고 나가려고 할 때다.

쑤욱.

갑자기 문틈으로 억센 손이 불쑥 내밀어지더니 촉새의 멱살을 움켜잡았다.

"헉!"

난데없는 상황에 식겁을 한 촉새의 입에서 바람 빠지는 소리가 새어 나왔다.

"조용히 들어가지."

"커커컥. 커커……."

"어라? 내가 너무 세게 잡았나? 미안."

'미안'이란 말이 끝나는 순간, 세찬 힘에 밀린 촉새가 바닥에 그대로 나동그라져 쭈욱 미끄러지더니 한쪽 구석에 휴지처럼 처박혀 버렸다.

와당탕탕.

"크으윽."

"엉? 웨, 웬 놈……?"

촉새가 나가는 것을 보고 소파에 앉아 막 몸을 기대던 흑곰이 느닷없는 사태에 놀라 벌떡 일어섰다.

이어서 손에 잡히는 대로 연장을 들고는 경계 태세를 단단히 취했다.

부지불식간에 집어 든 연장이 그나마 믿음직한 골프채라 안심이 됐다.

그것도 평소 마음껏 휘둘러 대며 연습하던 5번 아이언이라 더 믿음직했다.

하지만 그런 믿음도 잠시.

침입자의 다음 행동에 흑곰은 그대로 얼어붙을 수밖에 없었다. 다짜고짜 침입해 온 사내의 발이 하늘 높이 들린다 싶더니 번개 같은 내려찍기를 시도해 버렸기 때문이다.

쾅—!

엄청난 굉음과 동시에 원목으로 된 탁자가 여지없이 쪼개지고 파편이 산산이 날아 흑곰까지 위협하는 사태가 발생했다.

'이런. 씨파!'

얼굴 정면으로 날아든 파편을 눈을 질끈 감는 것으로 엉겁결에 피한 흑곰이 겨우 정신을 수습하고 쳐다보니 침입해 온 사내가 세 명임을 알았다.

그것도 이제야 확인한 복면인 세 명.

침입한 복면인들은 다름 아닌 담용과 짱돌 그리고 독빡이었다.

"누, 누구냐?"

"덩치는 산만 한 놈이 위험한 무기를 들고 뭐 하는 거야?"

말이 끝남과 동시에 담용의 신형이 섬전 같은 속도로 다가서더니 흑곰이 골프채를 채 휘두르기도 전에 낚아채 버렸다.

이어 몇 번 주물딱거리더니 골프채를 금세 엿가락처럼 구기고는 휙 던져 버렸다.

텅! 와장창창!

일부러 그랬는지 하필이면 흑곰이 나름대로 애지중지하며 모아 놓은 듯한 수석 진열장이 박살 나면서 와르르 무너졌다.

"어어……. 저, 저, 저……."

수석에 흠이 간 것이 엄청 아까웠던지 작금의 상황도 잊은 채 버벅거리는 흑곰이다.

턱!

"어이, 나와 얘기 좀 하지."

꽤나 큰 덩치인 흑곰의 어깻죽지를 잡아챈 담용이 아주 손쉽게 잡아당겨서는 소파에 밀어 앉혔다.

그러나 담용에게는 손쉬운 일이었지만 당하는 흑곰의 입장에서는 마치 우악스럽고도 거대한 힘이 자신을 쥐고 달랑거리는 것 같은 기분이라 속으로 기함을 하지 않을 수 없었다.

'헉! 무, 무슨 힘이…….'

체구도 그리 크지 않은 사내의 악력이 상상을 초월한 것 같아 단박에 주눅이 든 흑곰은 그제야 자신이 범의 아가리 앞에 놓여 먹이가 되기 일보 직전임을 깨달았다.

더구나 이렇듯 무인지경으로 쳐들어왔다면 밖에 있는 부하들마저 깨졌다는 뜻이니 더 암담했다.

'아, 씨파. 엿 됐다.'

본능적으로 자신의 상대가 아님을 재빨리 눈치챈 흑곰은 아예 눈을 감아 버렸다.

반항할 의지가 없다는 제스처다.

"그래, 그런 자세는 참 좋지. 다치지 않는 행동이니까."

"……!"

"이봐, 네가 흑곰이냐?"

"예, 예?"

"네가 흑곰이냐고?"

"아, 예. 예. 제, 제가 흑곰……입니다."

"좋아, 네게는 두 가지 길이 있다."

"……?"

"하나는 내가 묻는 말에 잘 협조해서 앞으로도 멀쩡한 몸으로 살아가는 것이고, 다른 하나는 내일부터 불구가 되어 평생을 병신으로 살아가는 거지. 자, 뭘 택할래? 셋을 세겠다."

이건 뭐……. 생각하고 자시고 할 것이 없는 전격적인 수법이다.

가뜩이나 돌아가지 않는 머리를 가진 흑곰으로서는 오히려 간단해서 좋긴 했다. 고로 단박에 튀어나오는 대답 또한 간단했다.

“처, 첫 번째요.”

“잘 생각했다. 참고로 네가 다칠까 봐 알려 주는데, 내 질문에 단 1초라도 대답하지 않고 우물거릴 때는 이 주먹이 먼저 나간다는 것을 알아 둬라.”

그렇게 협박을 하고는 수박만 한 수석을 하나 주워서는 그대로 허공으로 띄우더니 냅다 주먹을 내질렀다.

뿌각! 투툭, 투투툭.

산산조각이 난 수석이 어지럽게 흩어지는 것을 본 흑곰의 얼굴이 사색이 되어 버렸다.

저런 주먹에 약간만 스쳐도 중상임을 지각하자 전신이 으스스 떨리기 시작했다.

그것으로 흑곰은 그나마 지니고 있던 약간의 반항심마저 버리고 체념해 버렸다.

“여기가 고봉산파 맞지?”

“예. 예. 마, 맞습니다.”

“흠, 태도가 마음에 드는군. 좋아, 계속 그렇게 하도록. 고봉산파가 정발산파의 하수인인 것이 맞냐?”

“하, 하수인이 아니라 같은 조직입니다.”

“뭐, 어찌 됐든……. 근데 우리 애들이 아무리 찾아도 정발산파의 소굴을 찾을 수가 없었어. 네가 좀 가르쳐 줘야겠다."

우두둑.

담용이 시위를 하느라 주먹의 관절을 꺾었다.

이에 안색이 급변한 흑곰이 얼른 입을 열었다.

"타, 탄현에 있습니다."

"뭐? 타, 탄현?"

"예."

"아니, 거긴 왜……. 너희 주 수입원이 탄현이냐?"

"웬걸요. 다른 조직의 눈을 속이기 위해서 본부를 탄현에 둔 겁니다."

"헐! 잔대가리를 쓰는군. 주소를 대 봐라."

"차, 찾기 쉽습니다. 주택은행 건물 5층에 있으니까요."

"그래?"

"예, 절대 거짓말이 아닙니다."

"좋아, 그건 그렇고……. 혹시 말이야. 너희들이 그랑드건설과 관계가 있냐?"

"아이구! 저, 저희와는 상관없습니다."

"뭐라? 다 듣고 왔는데도 거짓말을 한다 이거지? 네가 병신이 되고 싶은 모양이구나."

후드득. 주춤주춤.

"자, 잠깐!"

담용이 또다시 주먹의 관절을 꺾자 사색이 된 흑곰이 뒤로 물러나면 손사래를 쳐댔다.

"거, 거짓말이 아닙니다. 정발산파만 관계가 있습니다."

"호오, 그렇단 말이지. 너희 두목에 대해서 말해 봐."

"똑똑하고…… 대학까지 나온 인텔리입니다."

"그으래?"

"예."

'후후훗, 하기야 그 정도는 돼야 사기를 쳐도 치겠지. 이거 재미있겠는걸.'

"뭐라고 불러?"

"학사요."

"엉? 하, 학사?"

"예, 학사 학위를 받았다고 그렇게 부르라고 했습니다."

"풋! 학사 뭐야?"

"하, 학사 하봉팔입니다."

"하봉팔이라……. 너…… 성봉창이란 사람을 알고 있냐?"

"서, 성 회장 말입니까?"

"천하의 사기꾼 놈에게 회장은 개뿔……. 아무튼 그런 것 같다. 들어 봤어?"

"저는 이름만 들었지 얼굴은 본 적이 없습니다."

"사무실에 가 봤을 것 아냐?"

"못 가 봤습니다. 착공식을 할 때도 못 갔는걸요."

"착공식을 하기는 했어?"

"그, 그게 무슨 이유인지는 몰라도 조금 미루어지는 것 같았습니다."

'하긴 네가 알 리가 없지.'

착공식은 개뿔.

분양 가망 고객들을 모아 놓고 프레젠테이션을 했다면 또 모를까?

"혹시 그놈이 자주 가는 곳이 어딘지 알아?"

"모, 모릅니다. 지, 진짭니다."

"흠, 알았으니까 그렇게 불쌍한 표정을 짓지 않아도 돼. 대신 한 가지 부탁하자."

"예? 뭘……?"

"우린 여기 왔다 가지 않은 거다. 그자?"

비밀을 지키라는 뜻임을 안 흑곰이 반색을 하며 주절댔다.

"아아. 그, 그럼요. 저, 전 세 분을 전혀 보지 못했습니다."

"뭐, 잘하면 네가 일산까지 독식할 수도 있을 거다. 그러니 처신을 잘하도록."

그 말을 끝으로 담용이 홱 돌아섰다.

"가자."

"옛!"

털컥. 텅-!

출입문이 여닫히는 동안에도 흑곰은 정신이 나갔는지 그저 멍하니 앉아 있었다.

이유는 담용이 남기고 간 한마디를 곱씹는 중이기 때문이었다.

'뭐라? 내, 내가 일산, 아니 고양시 전체를 장악할 수 있다고?'

말의 의미가 그리 어려운 것이 아니라서 흑곰도 대번에 담용이 한 말을 알아들었다.

그렇게 단단한 수석을 단번에 깨뜨릴 정도의 실력파라면 말장난만이 아닐 것으로 여겨졌다.

더구나 혼자도 아니고 부하들도 꽤 많은 눈치라 못해도 동패구상 정도만 되어도 자신의 입지가 탄탄해질 수 있다.

'씨파. 그래, 잘하면 나도…….'

흑곰의 눈에 열기가 점점 짙어져 갈 때, 산통을 깨는 촉새의 목소리가 들려왔다.

"혀, 형님, 빠, 빨리 보고를……."

"뭐?"

"학사 두목에게 빨리 보고를 해 줘야지요."

"이런 씨불 넘이!"

퍽!

"아악!"

"야, 새꺄! 네놈이 내 출셋길을 막으려고 환장을 했구나!"

"아, 아니, 저, 저는……."

"시끄러워, 새꺄!"

BINDER
BOOK

교묘한 사기 수법

쾅!

전화기가 부서지도록 거칠게 내려놓는 하봉팔의 입에서 욕설이 튀어나왔다.

"빌어먹을 자식, 제 밥값도 못하는 멍청한 새끼."

전화를 끊고도 흥분을 가라앉히지 못하는 하봉팔의 얼굴이 연신 붉으락푸르락했다.

옆에 섰던 호리호리한 몸매의 사내가 슬쩍 눈치를 보더니 끼어들었다.

사나운 개가 콧등 성할 날이 없다는 말처럼 사내 역시 콧등에 칼에 성둥 깎여 나간 자리가 선명했다.

"형님, 진정하십시오. 원래 흑곰 개가 좀 둔하지 않습니까?"

"에이, 조만간 싹 갈아엎고 판을 다시 짜야지, 이거야 원 믿고 맡길 놈이 없으니……."

"말이야 바른말이지 이제 곧 그랑드건설이 대박을 치게 되면 서열을 다시 짤 필요는 있습니다."

"그래, 날칼 네가 미리 준비를 좀 해 놔라."

"그러죠. 그나저나 김도원이 그놈을 누가 데려간 걸까요?"

"직접 마주친 흑곰 녀석도 알지 못하는데 내가 어떻게 알아?"

"전 아무래도 김도원 그녀석이 다른 조직에 의뢰를 한 것 같은 생각이 듭니다."

고봉산파의 촉새와 같은 생각을 하는 날칼이다.

"그래, 나도 같은 생각이다. 그 녀석이 투자한 돈이 결코 적지 않으니, 반이라도 찾을 생각을 할 수도 있어. 놈의 돈은 프리젠테이션을 하기 전에 순전히 장세찬을 믿고 지른 것이라 장세찬이 없어진 지금 낙동강 오리알이 됐거든. 그러니 내가 놈의 입장이라도 그런 의뢰를 했겠다."

"쿠쿠쿡, 장세찬이란 녀석이 꽤 공헌이 컸지요."

"후후훗, 맞아. 원래 개털이었던 성 회장의 발판을 마련해 준 놈이지."

"아마 몇 푼 쥐여 준 돈을 가지고 꼭꼭 숨었을 겁니다."

"흐흐흐, 여기에 나타났다가는 우리한테 뒈지지."

"그래도 그놈이 김도원을 꼬여 받아 낸 돈이 아니었다면 이번 프로젝트는 아예 발족도 못 했겠지요?"

"푸후훗, 맞아. 그 돈이 결정적이었지. 아! 또 하나 있군. 십육억 중에 절반이 갈 의원에게 건너감으로써 사업에 결정적인 역할을 하게 된 것을 빠뜨렸군."

"하하핫, 김도원 그놈이 이런 사실을 알면 아마 미쳐 버릴 겁니다."

"김도원 그놈에게야 안된 일이지만, 그 돈 덕분에 갈 의원을 프레젠테이션 때 모실 수 있었던 거야. 그분이 참석해 주는 바람에 내로라하는 명사들이나 돈밖에 없다고 유세를 떨던 부유층들 그리고 돈깨나 있다고 소문난 탤런트 같은 공인들까지 죄다 몰려온 것 아니겠어? 물론 모두 갈 의원 얼굴을 보고 온 것이긴 하지만 말이다."

"저는 프레젠테이션이 끝나고 난 후에 서로 인기 있는 층이나 호수를 달라고 돈을 맡기는 걸 보고 엄청 놀랐습니다."

"그것도 그렇지만 난 성 회장의 처신이 더 압권이었다."

"마, 맞습니다. 건축 심의도 받지 않은 프로젝트라 돈을 받을 수 없다는 그 한마디만 툭 던졌지요."

"푸후훗, 그게 그 양반의 주특기야. 서로 좋은 자리를 선점하려고 난리를 쳐 대는 군중들 앞에서 속으로 날름 받고 싶은 마음이야 굴뚝같겠지만, 초연한 척하는 태도는 결코 연기만으로는 어렵다고 여겨지더라."

"갈 의원을 통해 알게 모르게 신용이 쌓인 부분도 작용했을 겁니다."

"그 말도 맞아. 아무튼 얼핏 보면 쉬운 것 같지만 이 모두가 톱니바퀴가 맞물려 돌아가듯이 어긋나지 않고 돌아간 덕이지. 우리 같은 놈들은 꿈에도 생각지 못하는 자연스러운 수법들이다."

자신의 머리를 툭툭 친 하봉팔이 말을 이었다.

"나 역시 그때 배운 게 많았는데 말이야. 머리도 엄청 좋아야 하지만 인맥을 적재적소에 사용할 줄 앎과 동시에 처신을 잘해야 성공할 수 있다는 걸 알았어. 특히 돈 앞에서는 더 절제된 행동이 필요한데, 그건 고도의 연극이 아니고서는 불가능해."

"맞습니다. 특히 제가 놀란 것은, 고객들이 서로 선분양금을 내려고 아우성을 치자, 언제 와 있었는지 최홍석 변호사가 나서면서 말한 게 또 걸작이었지요."

"하하핫, 그렇지. 최 변호사가 아주 시의적절한 타이밍에 나서긴 했지."

하봉팔이 당시를 생각하는지 눈빛이 게슴츠레해졌다.

-여러분! 그랑프리프라자는 아직 건축 심의도 받지 않은 프로젝트여서 선분양금을 지불한다고 해서 우선순위가 되는

것이 아닙니다. 더군다나 성 회장님이나 그랑드건설에 맡기는 것은 무척 위험합니다. 이유는 성 회장님이 돈을 횡령해 야반도주를 할 수도 있고, 또 그랑드건설이 하루아침에 부도가 날 수도 있기 때문입니다.

–그럼 당신이 변호사이니 맡아 두었다가 나중에 분양을 하게 되면 그때 우리에게 우선순위를 주면 되지 않겠소?

–어? 그래도 되겠습니까?

–난 찬성!

–나도 찬성이오!

–빨리 접수받지 않고 뭐 해요?

여기까지 생각을 떠올리던 하봉팔이 입가에 조소를 머금었다.

"후후훗, 그게 다 각본에 의한 것이라는 걸 알기나 할까?"

"쿠쿠쿡, 젠틀 녀석이 그사이에 끼어 크게 한몫했죠."

"젠틀이 허우대가 좋아서 그래. 척 봐도 있어 보이잖아?"

"하하핫, 그 녀석이 앞장서 선동을 하는데도 아무도 깡패라는 걸 눈치채지 못했지요."

"푸하하하……."

하봉팔은 생각만 해도 우스웠던지 끝내는 파안대소를 터뜨리며 쉽게 웃음을 멈추지 못했다.

"생각해 보면 우리 모두 똑똑하다고 인정하던 사람들임에도 의외로 어리석은 면이 있는 걸 보고 전 깜짝 놀랐습니다."

"그것이 바로 집권당의 중진인 갈 의원의 위력이라 할 수 있지."

"얼굴 한번 내비치는 것만으로 만사 오케이라니 참……. 출세하고 볼 일입니다."

"바로 그거야. 갈 의원이야 자기 지역구니까 남의 시선을 의식할 필요 없이 참석하는 게 자연스러운 현상이라 할 수 있지. 물론 뒤꽁무니로 거액을 받아먹었지만 그거야 뭐 정치꾼이라면 누구나 하는 짓거리니 흉도 아니지. 근데 나는 그런 갈 의원을 꼬드겨 참석케 한 성 회장이 더 대단한 사람이라고 여겨져."

"그뿐입니까? 고양시장에다 경찰서장 그리고 웬만한 지역 유지는 다 참석하게 하지 않았습니까?"

"그들은 갈 의원이 참석한다니까 어쩔 수 없이 얼굴을 내밀었다고 봐야지."

"성 회장이 우리 같은 조직과 연계한 잔머리도 알아줘야지요?"

"그건 당연한 거다. 어차피 우리 나와바리에서 사업을 하려면 부딪칠 수밖에 없으니 일일이 방해를 받는 것보다 미리 손을 잡고 지분을 나누는 것이 더 현명한 거지."

"크크큭, 하긴 우리가 곤조를 부려 버리면 될 일도 안 되지요."

“어느 지역을 가나 사업을 하려면 조직이 개입되어 이익을 탐하는 것이야 어제오늘의 일은 아니지.”

“이거…… 이번 기회에 잘 배워 놨다가 우리도 써먹으면 되겠는데요?”

“내가 그것 때문에 성 회장을 대우하면서 자주 만나서 얘기를 나누려는 거다.”

“히히힛. 형님, 솔직히 말해 성 회장은 가진 게 불알 두 쪽밖에 없는 날건달이나 마찬가지죠.”

“그래, 처음에 제의를 해 왔을 때만 해도 긴가민가했지. 날칼 너도 알다시피 프로젝트 하나만큼은 흠잡을 데가 없었다. 그 때문에 솔깃해져 따라가다 보니 어느새 여기까지 와 버렸다. 이제 손만 내밀면 돈 보따리가 굴러 들어올 참인데, 성 회장은 건축 심의만 떨어지면 더 큰 돈이 들어올 것이라며 참으라고 하니……. 요즘 같아서는 돈뭉치가 눈앞에 어른거려서 잠도 잘 안 온다.”

“비록 개털일망정 배포가 정말 대단한 사람입니다. 선분양금으로 들어온 돈에 손도 안 대고 있다면서요?”

“난 그게 더 무서워. 한마디로 엄청난 욕심쟁이지. 한꺼번에 탁!”

하봉팔이 시위라도 하듯 허공에 대고 주먹질을 해 대고는 물었다.

“무슨 말인지 알지?”

"그럼요. 선불리 건드렸다간 죽도 밥도 안 될 수도 있으니까요."

"그야말로 삼박자가 척척 들어맞는 격이지. 그래야 사기를 치는 것도 가능한 것이고."

"삼박자라면? 하하, 제가 좀 둔해서요."

"날칼, 같이 다녔는데도 넌 아직 공부가 덜 됐군. 첫 번째가 누구라도 혹할 프로젝트를 마련하는 것이고, 두 번째가 얼굴마담이 되어 줄 권력가와의 유착이다. 세 번째가 바로 돈에 초연해 보이는 신뢰감이지."

"아! 전 거기까지는 캐치하지 못했습니다."

"짜식, 내가 달리 학사 출신이냐?"

"하하핫, 그렇죠? 아무튼 조금만 참았다가 우리도 이 기회에게 돈방석에 한번 앉아 보지요 뭐."

"그래, 우리도 크게 한번 놀아 보자."

"근데 최 변호사에게 고객들이 맡겨 놓은 선분양금이 엄청난 금액이라면서요?"

"성 회장이 살짝 귀띔해 준 말로는 오백억 가까이 된다고 하더군."

"헉! 오, 오백억요?"

"뭘 그렇게 놀라? 성 회장은 금액이 적다고 실망하는 눈치던데."

"엑! 시, 실망요?"

"그래. 그때 참석한 사람들이 물경 천 명은 됐을 텐데, 고작 5,000만 원씩밖에 투자하지 않은 꼴이라면서 투덜대더라고."

"후헐! 도대체 배포가 어느 정도 되면 그런 심보를 가질 수 있는 겁니까?"

"내가 성 회장을 좀 아는데, 발은 무지 넓은 것 같더라. 우리가 흔히 우스갯소리로 말하는 마당발이라는 게 이런 것이 아닌가 싶을 정도로 말이다."

"저기…… 찬물을 끼얹는 말일지 모릅니다만, 형님이 성 회장을 알게 된 것은 그리 오래되지 않잖습니까?"

"뭔 말이 하고 싶은 거야?"

"제 생각에는 끝까지 조심해서 뒤통수를 맞지는 말아야 한다는 거죠."

"흥, 제까짓 게 달랑 몸뚱이 하나만 있는 놈인데, 무슨 재주로 뒷박을 쳐? 그런 걱정은 하지 않아도 돼."

"그래도 이런 수법에 능한 걸 보면 어디서 한탕 진하게 해 먹고 와서는 애먼 데서 홀라당 털어먹고는 한탕 더 해 먹으려 이곳에 발을 디딘 것일 수도 있지 않겠습니까?"

"그랬다면 신문에 대서특필이 됐을 것 아니냐? 근데 그런 기사를 보기나 했어?"

"그야…… 못 봤죠."

"그 얘긴 그만 됐고. 근데 이 양반이 좀 늦네."

"곧 오겠지요."

"식당은 확실히 예약해 놨지?"

"그럼요."

그때 덜컥하고 출입문이 열리면서 풍채가 좋은 반백의 중년인이 들어섰다.

"어? 성 회장님."

"허허헛 하 사장, 잘 계셨는가?"

"하하핫, 저야 별일이 있겠습니까?"

"조금만 기다리시게, 내 하 사장을 돈방석에 앉게 만들어 줄 테니까."

"하핫, 여부가 있겠습니까? 자 자, 저녁 식사 전이실 테니 가시죠. 여름 별미로 유명한 식당에다 예약을 해 놨으니까요."

"허어, 그, 그렇게까지."

"날칼, 차를 대기시켜라."

"예, 형님."

일산 주엽역 인근의 모 커피숍에서 담용과 강인한 그리고 명국성이 만나고 있었다. 그리고 한쪽 구석에는 짱돌과 독빡 그리고 멀대가 커피를 홀짝이며 담용 쪽을 힐끗거리고

있었다.

뒤늦게 도착한 명국성이 점점 인파가 몰리고 있는 창밖을 살피며 입을 열었다.

"형님, 말씀대로 검문이 점점 심해지고 있는데요?"

"근래에 드물게 소란을 피워 댔으니 당연하지."

담용도 점점 한여름 밤의 열기를 더해 가는 바깥 풍경에 시선을 두며 말을 받고는 곧 되물었다.

"애들은 다 빠져나갔나?"

"예, 저와 멀대만 남고 다 돌려보냈습니다."

"저도요. 보다시피 저와 쟤들 두 명만 남았지요."

강인한이 눈짓으로 짱돌과 독빡을 가리켰다.

"신도시가 겨우 안정을 찾아가는 와중인데 칼부림을 해 댔으니 경찰서마다 난리가 났을 거다. 모두 주민등록증 가지고 있지?"

"그럼요. 이렇게 원정을 올 때는 필히 지참하고 다니지요."

"이곳도 곧 들이닥칠지 모른다."

"밖에 있는 게 더 낫지 않겠어요?"

"아니, 영업점에 있는 게 더 안전해. 그들도 영업에 방해를 끼치지 않으려고 대충 살피고 가니까."

이 시기만 해도 불심검문이 횡행하던 시절이라 사건이 터지면 곧바로 검문검색이 강화되는 것은 물론이고 각 영업점

마다 경찰들이 들이닥쳐 주민등록증을 검사하고 이를 확인하는 상황이 벌어졌다.

으레 그렇듯 몸에 문신이 있으면 그 즉시 의심의 대상이 되어 임의동행식의 경찰서행이 이루어진다.

"문신 있는 사람?"

"……?"

"없어?"

"저…… 제가 있습니다."

담용이 재차 묻는 말에 명국성이 우물쭈물 입을 열었다.

"참나, 애도 아니고……."

"문신을 할 때는…… 애였죠."

"안 보이는 데?"

"등하고 가슴에…… 그리고 여기요."

어깨와 상박을 툭툭 쳐 댄 명국성이 말을 이었다.

"그래서 이렇게 푹푹 찌는 삼복더위에도 반팔을 못 입고 다니지요."

명국성의 말대로 비록 얇은 천으로 된 옷이긴 했지만 긴팔 소매의 남방이라 보는 사람이 더 더워 보일 정도였다.

"멀대는?"

"멀대는 샌님 출신이라 그런 것 없습니다."

스읏.

담용이 강인한을 쳐다보았다.

"저, 저요?"

"그래, 인마."

"에이, 전 그런 걸 했다간 할머니나 엄마한테 맞아 죽어요."

"진짜?"

되물으면서도 담용은 그래도 독립투사의 집안인데 그럴 것이라 짐작은 갔다.

"그럼요. 혹시 이 말 알아요?"

"무슨 말?"

"신체발부수지부모身體髮膚受之父母라는 말요."

"풋! 제법이네. 명 사장은?"

"에휴, 저야 초등학교도 제대로 못 나온 놈인데……."

알 턱이 없다는 소리다.

"명 사장도 이번 기회에 애들과 같이 학교에 다니지그래?"

"아이구, 싫습니다요. 제발 제게 그 말만은 하지 마십시오. 부탁입니다."

"쩝, 싫으면 할 수 없지. 신체발부수지부모란 공자가 한 말씀인데, 해석을 하자면 신체와 터럭과 살갗은 부모에게서 받은 것이니 그렇게 물려받은 몸을 소중히 여기는 것이 효도의 시작이라는 뜻이다. 그러니까 명 사장은 부모가 물려준 소중한 몸을 도화지로 사용해 낙서를 한 격이 되는 거지."

"죄, 죄송합니다."

"뭐, 이제 와서 어떡하겠나?"

담용이 짱돌과 독빡을 슬쩍 돌아보고는 강인한에게 물었다.

"저 두 놈은 어때?"

"없는 것 같았어요. 물어봐요?"

"그만둬. 옷을 벗길 것도 아닌데 겉으로 드러나지만 않으면 되지."

"근데 독빡이 재는 재일 교포라 주민등록증이 없잖아요?"

"여권이 있잖아?"

"아, 그렇지."

"좋아. 사설은 이쯤하고……. 그동안 조사한 건 누가 잘 알아?"

"아! 멀대가 잘 압니다."

"불러."

"예."

명국성이 부르기도 전에 귀를 기울이고 있던 멀대가 알아서 다가와 허리를 접으려는 것을 담용이 막았다.

"애들이 보니까 그만둬."

"옙! 큰……."

"호칭도 생략해."

"아, 예."

"앉아."

"예."

딱딱 끊어지는 담용의 삭막한 말투에도 고분고분하게 대답한 멀대가 다른 자리의 의자를 끌어당겨 앉았다.

"멀대, 오랜만이구나."

"예, 증평 이후 처음입니다."

"그래, 그런 것 같다. 뭘 좀 알아낸 것 있냐?"

"그게…… 그랑프리플라자에 대한 소문만 무성하고 실체가 잡히질 않아서요."

그랑프리플라자가 바로 그랑드건설이 야심 차게 준비하고 있다는 프로젝트였다.

"그럴 거야."

"고작 부동산 사무실에 나도는 조감도만 구했습니다."

"그건 나도 봤어. 짱돌이 담당 직원을 만나 봤는데, 처음부터 끝까지 원론적인 얘기만 하더라는군."

"그 내용은 저도 들어서 압니다. 공무원이라는 게 원래 어떤 경우에도 책임질 만한 말은 하지 않는 법이지요. 담당 공무원의 말은 지금 설계도가 접수되어 이번 주 내로 심의를 할 예정이라고 하더군요."

"뭐? 이번 주라고?"

"예, 분명히 그렇게 들었습니다."

'거참, 꽤 오래 걸릴 텐데……. 손을 썼나 보군.'

대개는 접수를 하고도 두세 달은 기다려야 차례가 될지 말지라고 보면, 빨라도 너무 빨랐다.

건축 심의는 한 달에 한 번 열리며 그동안 접수된 건들을 몰아서 심의한다.

심의하는 목적은 첫 번째로는 일정 규모 이상의 건물을 지을 때 인허가에 앞서 도시 미관의 향상과 공공성의 확보 등을 따져 보는 것이다.

두 번째로는 건축 전문가들과 담당 공무원으로 이뤄진 건축위원회가 건축주의 설계도를 놓고 설계나 디자인, 보완 사항, 건축법 위배 등을 확인하는 건축법상의 절차다.

"서류는 언제 접수했고 정확한 심의 날짜는 언젠지 확실히 말해 봐."

"옛! 접수는 초복이었던 11일이고 심의는 21일인 모레라던데요?"

"허허헛!"

접수 후 지나치게 빠른 심의 일자가 잡힌 행태에 담용의 입에서 맥 빠지는 헛웃음이 튀어나왔다.

'쯧! 돈지랄을 한 태가 너무 나는데…….'

아무리 구제금융하에 있고 경제가 어렵다고는 하지만 도시계획상 엄청난 면적의 상업지역에 아직도 건물이 들어서지 못한 공지空地가 수두룩한 상황이다.

그런데 불과 열흘 전에 접수한 서류가 여타의 서류들을 제치고 벌써 건축 심의를 받는다니, 이건 새치기를 해도 너무 심했다는 생각이 들었다.

'가만!'

담용은 분명히 이유가 있을 것이라 여겨 턱을 괴고 생각에 잠겼다.

'이렇듯 무리할 정도로 빨리 건축 심의를 받으려는 의도라면…….'

문득 의심이 든 담용은 이 시점에서 가능한 수를 추측해 보았다.

물론 사기 사건은 분명히 발생하지만 굳이 무리한 일정을 잡아 건축 심의를 득하려는 데는 필시 다른 의도가 있을 것으로 봤다.

기억의 전도체를 건드려 잠시 기억을 거슬러 올라가 그랑프리플라자에 관한 사건을 추적해 보았다.

그러자 곧 TV 화면에 할머니 한 분이 기자의 질문에 악다구니를 해 대며 성봉창 회장을 성토하는 장면이 떠올랐다.

-그놈이 건축 심의가 떨어지자마자 선분양을 한다기에 너도나도 달려들었지. 나도 그중에 한 사람이고. 그뿐이야? 이름만 대도 알 만한 사람은 이미 프레젠테이션인가 뭔가 할 때 선수를 쳤지. 일찌감치 줄을 서서 새벽부터 기다린 난 이미 많이 늦은 편이더라구. 근데 이놈이 이 노인네 돈을 날름 먹고 튀어?

—할머니, 얼마나 투자하셨는데요?

—이 늙은이의 노후 자금을 몽땅 투자했어. 글고 지금 국회의원도 같은 사기꾼이란 말이 돌아.

—예? 그게 무슨 말입니까?

—아, 지역구 의원인 갈성규란 작자가 프레젠테이션에 참석하는 바람에 죄다 믿고 투자했으니 그놈도 같은 패거리란 말씨.

—그, 그래요?

'아아! 맞다. 선분양을 받기 시작한 시점이 건축 심의를 통과한 다음 날부터였지.'

사실 분양 광고를 할 필요도 없이 수분양자들이 들이닥친 형국이었으니 당시로서는 엄청난 인기몰이를 한 그랑프리플라자였던 기억이다.

'그래, 전격적으로 치고 빠지려는 수작이다.'

이유는 극명하다.

일단 건축 심의에 통과를 하게 되면 건축 허가를 받는 건 그리 어려운 일이 아니다.

건축 심의는 건축 허가 전에 이루어지는 행정으로 설계 내용의 공간 구성, 입면 구성, 배치 구성, 주차 동선 등 법에서 요구되지 않는 부분까지 검토하는 까다로운 절차다.

고로 이미 건축 심의를 득했으므로 건축 허가 신청서에 여타의 관계 서류만 첨부해 허가권자에게 제출하기만 하면 특별한 사유가 없는 한 50일 내에 건축 허가를 받을 수 있는 것이다.

여기서 짚어 볼 문제는 그랑드건설이 사업지인 땅을 매입했느냐는 것이다.

천만에.

계약금을 지불하지 않고도 얼마든지 건축 심의를 받을 수 있는 것은 시행사에서 토지주에게 토지 사용 승락서를 받아 행하면 그만이기 때문이다.

'젠장. 언제나 선분양이 문제라니까.'

담용이 생각하는 선분양 제도는 문제가 심각했다.

되돌아 생각해 보면 문제를 발생시키는 사업체 대부분이 사업지에 계약금만 투자하고 나머지는 파이낸싱 자금으로 해결하려 했다.

둘째로 장인 정신과는 거리가 먼 한탕주의의 정신을 가진 작자들이 사업을 한다는 점이다.

여기에 하나 더 덧붙인다면 사회적 명사들이 끼어들어 투자를 부추기는 일면도 적지 않았다.

톡톡톡.

한동안 생각에 잠겼던 담용이 탁자를 두드리며 입을 열었다.

"건축 심의를 서두는 것으로 보아 빨리 선분양을 해 돈을 긁으려는 의도인 것 같다."

"서, 선분양요?"

"응."

"형님, 선분양이 뭡니까?"

"몰라?"

"예, 저희들이야…… 이거밖에 모르죠."

주먹을 내보인 명국성이 쑥스러웠던지 머리를 긁적거렸다.

"뭐, 알아 놓으면 나쁠 건 없지."

"히히힛, 그렇죠?"

"선분양이란 투자자가 상가 건물 혹은 여타의 건물을 분양받기 위해 투자금을 먼저 지불하는 행위이지."

"에? 뭘 믿고요?"

"분양 계약서를 믿는 거지."

"그것만 가지고 있으면 돼요?"

"그게 함정이긴 한데……. 1년 혹은 2년이 지난 뒤 상가가 완전히 지어지고 준공검사가 완료되면 비로소 잔금을 납부하고 분양받은 상가에 대한 소유권을 가지고 오는 제도가 선분양인데……. 하지만 준공까지의 시간적 차이가 있어서 분양 사기가 발생하기 쉬워. 그런데 사람들이 그걸 잘 모르는 것 같단 말이야."

"저는 도통 무슨 말인지 잘 이해가 안 가네요."

"쯧! 계약금을 내고 분양 계약서를 작성하면 분양 계약자, 즉 수분양자 대부분이 상가에 대한 모든 소유권을 가지고 있다고 착각을 한다는 뜻이다."

"계약을 했으니 분양자 것이 아, 아닙니까?"

"물론 계약을 했으니 우선적인 권리가 있긴 한데……. 그게 말이다. 법률적으로 보면 그렇지가 않다는 게 문제라는 거다."

"얼레? 아니, 왜요?"

"분양 계약서의 당사자인 분양자는……. 아! 여기서는 시행사가 되겠지. 바로 그랑드건설처럼 말이다."

"그, 그래서요?"

"분양 계약서란 것이 시행사는 분양 계약서대로 상가를 지어서 공급하고 수분양자, 즉 투자자는 분양 대금을 정해진 날짜에 지불하겠다는 약속을 상호간에 한 증명서에 불과하다는 거야."

"에에? 말도 안 돼! 그깟 증명서 쪼가리를 받자고 거액의 돈을 낸단 말입니까?"

"모든 사업자가 다 그런 건 아니니까 그러지. 정상적인 사업인데 자칫 늦었다간 꼭 필요한 상가를 분양받지 못할 수도 있으니 말이다. 예를 들면 명 사장이 상가를 하나 분양받았어. 그런데 분양받자마자 프리미엄이 붙어서 원래의 금액보다 훨씬 더 많은 돈을 주고 사겠다는 사람이 나타났다면 어떻게 하겠어?"

"당연히 팔지요."

"바로 그거야. 그래서 좋은 자리를 먼저 잡기 위해 선분양을 받기를 마다하지 않는 거라고."

"아아. 이제야 쬐끔 알겠네요."

"건물이 준공되고 수분양자에게 정식으로 등기가 넘어와야 비로소 수분양자는 소유권을 주장할 수 있고 또 제3자에게도 대항력이 생겨. 바꿔 말하면 등기를 하기 이전의 약속인 분양 계약서상의 계약은 계약법에 의한 갑과 을의 채권채무 관계일 뿐이라는 것이지."

"흐이구. 그럼 자기 것이 될지 안 될지도 모르는 걸 가지고 분양받겠다고 난리를 쳐 댄단 말입니까?"

"그게 바로 선분양의 맹점이지. 또 분양주가 고의로 그랬든 업무 착오였든 만에 하나 수분양자가 있음에도 불구하고 제3자에게 소유권이 취득됐을 경우 수분양자는 제3자에게 권리를 주장할 것이 아니라 계약의 당사자인 분양주에게 따져 물어야 한다는 것이 민법에 의거한 계약법의 해석이다. 또 하나는 공사 도중에 분양주가 부도를 내거나 또는 분양대금을 횡령하여 도주함으로써 사업이 중단될 경우 수분양자의 권리가 애매모호해진다는 점이다."

"정말 그러네요. 채무자가 갚을 능력이 없어지거나 달아나 버렸으니……."

"큰형님, 그렇다면 그런 경우에 사업지에다가 차압을 해 놓으면 되지 않습니까?"

"헐! 인한이가 제법이네."

"히히힛."

"좋은 얘기다만 그렇게 사업을 말아먹으려고 작정한 시행사가 사업지의 땅을 온전히 소유한 경우는 매우 드물어. 대개는 계약금만 지불하고 토지 사용 승락서를 받고 사업을 시작한 것일 테니까. 설사 소유권이 있다고 해도 파이낸싱 자금을 보증한 시공사에서 이미 선점해 버렸기 때문에 땡전 한 푼도 건질 수가 없어."

"이건…… 완전히 호로새끼들이구만!"

"헐! 우린 잽도 안 되는 게임을 하는 새끼들이네."

"그런 사업이면 나라도 하겠다."

"그래, 알고 보니 땅 짚고 헤엄치는 사업이잖아?"

강인한과 명국성이 괜히 열을 내어 가며 흥분했다.

'훗! 선시공 후분양이 제도적으로 정착되면 이런 일은 일어나지 않을 텐데.'

그때 멀대가 호기심이 돋는지 물어 왔다.

"큰형님, 그랑드건설의 경우도 그렇단 말이 아닙니까?"

"그래, 100프로 장담할 수 있다."

"말씀 좀 해 줄 수 있겠습니까?"

"그래, 시간이 있으니 못 해 줄 것도 없지."

건축 심의로 인해 적어도 이틀이란 시간적 여유가 생겼음을 안 담용이 커피 잔을 만지작거리다가 강인한에게 내밀었다.

"리필이 되면 부탁하고 안 된다면 한 잔 더 주문해라."

"예."

"예를 들어서 설명하는 것이 더 쉽게 이해가 될 것 같군. 그랑드건설은 필시 땅을 매입하는 과정을 생략하고 땅주인에게 토지 사용 승락서를 득했거나 아니면 계약금을 지불한 뒤 시공사를 통해 토지주에게 믿음을 주어 토지 사용 승락서를 얻었을 것이 틀림없어."

"일단 토지의 소유권은 없다고 봐야겠네요."

"그렇지. 아무튼 그런 과정에서 그럴싸한 사업 계획과 청사진을 통해 투자 가치가 뛰어난 상품을 기획한 케이스일 확률이 클 거다. 거기에 누구나 혹할 거물 정치인을 얼굴마담으로 내세워 투자자를 유치함으로써 손도 안 대고 코 푼 격이 됐지."

"그거 아무나 할 수 있습니까?"

"감방 갈 준비만 되어 있다면 누구라도 가능하지. 왜 멀대 네가 시도해 보게?"

"에이, 전 그런 간담이 없습니다."

"푸훗, 어쨌든 대개는 투자자를 모으고 또 그들로부터 분양 대금을 받아서 땅에 대한 매입 자금으로 사용하고 공사비용과 시행 사업에 사용해야 하지. 이 말은 곧 자기 돈은 땡전 한 푼도 안 들이고 순전히 불특정 다수의 투자자들로부터 자금을 모아서 사업을 하는 것이지."

"후얼!"

"뭐, 그런 개 같은 경우가……?"

"뭐, 그래도 양심적인 사업자라면 사업을 잘 이끌어서 끝까지 유종의 미를 거두겠지만, 불행히도 내가 아는 그랑드건설은 양심을 팔아먹은 놈들이라는 거야."

"어, 어떤 수법을 취할 것 같습니까?"

"그보다는 흔히 벌어지는 얘기부터 먼저 들어."

"아, 예."

"분양 대금을 받은 사업자가 사업지의 땅 매입이 원활치 않거나 또는 중간에 사업 수익이 부정적인 결과가 나오면 투자자들이 지불한 수백억 원의 돈을 가지고 날라 버린다는 거지. 이렇듯이 선분양의 경우 투자자들을 울리는 수법은 수도 없이 많다. 그랑드건설의 경우는 조금 색다르지. 왜냐면 정치권의 거물을 이용한 교묘한 사기극이나 다름없으니 말이다."

"갈성규 의원이라면, 그자가 가진 무게 때문에라도 보증이 된다고 봐야겠지요?"

"바로 그거야. 성봉창이 바로 그걸 노리고 수단과 방법을 가리지 않고 프레젠테이션에 참석하게 했을 거야."

"결국 뇌물을 먹였다는 얘기군요."

"어릴 때 같이 자란 불알친구의 부탁이라도 안 되는 일이 돈이 개입되면 다 해결되어 버리지."

"하면 여기서 그냥 돌아서지는 않으실 테니, 친구분이 사기당한 돈은 어떻게 해결하실 겁니까?"

"건축 심의가 떨어지는 날 저녁에 탄현으로 간다."

"조폭 놈들에게 돈이 있을 리가 없을 텐데요?"

"짱돌의 말에 의하면 그랑드건설 사무실에는 직원들만 있지 성봉창은 코빼기도 못 봤다고 하니, 거기서부터 시작할 수밖에 없잖아?"

"형님, 저희도 같이 행동합니까?"

내도록 듣고만 있던 명국성이 나섰다.

"움직이는 건 나 혼자서 한다. 대신 언제든 움직일 수 있도록 차량이나 준비해 둬."

"차량은 모두 네 대가 있습니다."

"추적할 일이 있을지 모르니 한 대씩 맡아."

"알겠습니다."

징벌

2000년 7월 21일 금요일.

마침내 그랑프리플라자의 건축 심의 결과가 통과된 것이 알려지고, 이에 환성을 내지른 그랑드건설 직원들이 난리 법석을 떨며 내일 있을 선분양을 위해 늦은 시간까지 열을 올리고 있는 가운데 해가 저물었다.

탄현 지구 도로 한쪽에 차를 주차시켜 놓은 채 사거리코너에 위치한 주택은행 건물을 야시경으로 예의 주시하고 있던 명국성의 시야에 주차장으로 진입하는 까만 승용차 한 대가 들어왔다.

이어서 두툼한 서류 가방을 든 중년의 신사가 자신의 차에서 내리더니 건물 안으로 들어가는 것을 본 명국성이 경호용

무전 이어폰을 입에 대고 말했다.

"형님, 방금 변호사로 보이는 녀석이 주차장에 차를 대고는 안으로 들어갔습니다."

—알았다. 인한아, 들었냐?

—예, 바로 뒤따라가서 확인하겠습니다.

—위층은 놈들이 지키고 있을지 모르니, 엘리베이터가 멈추는 층만 알아 가지고 나와.

—염려 마세요.

주파수를 맞춰 놓았던 덕에 일행들 모두 듣고 말하는 내용을 알 수 있었다.

—명 사장, 보이나?

"예, 독사가 건물 안으로 들어갔습니다."

—멀대!

치익. 칙.

—옛, 큰형님!

—지하라서 잡음이 있는 것 같은데 잘 들려?

칙. 치익.

—들립니다.

—거긴 어때?

—지하 주차장은 아직 들고난 차량이 없습니다.

—하긴 이 시간에 텅 빈 지상 주차장을 이용하지 지하 주차장을 이용하지는 않을 거다. 그래도 모르는 일이니 잘 살

펴라.

–알겠습니다.

–크, 큰형님, 짱돌입니다!

–그래 짱돌, 말해.

–성봉창이 차를 주택은행 쪽으로 틀었습니다.

–그래, 알았다. 다른 곳으로 샐지 모르니 끝까지 추적해!

–예, 큰형님.

–명 사장!

"예, 저도 들었습니다."

–혀, 형님, 저 인한인데요. 엘리베이터가 5층에서 멈추는 걸 확인했습니다.

–그래, 수고했다.

–어? 형님! 지금 막 승용차 한 대가 주차장으로 진입하고 있습니다.

–차종이 체어맨이냐? 검정색이고?

이미 지난 이틀 동안 조사할 수 있는 건 다 조사한 결과다.

–그런 것 같은데요?

–그렇다면 성봉창일 확률이 높다. 그래도 끝까지 지켜봐.

"옙!"

–인상착의를 잘 봐.

–중절모를 썼지만 딱 봐도 백발인데요?

–확실히 확인해!

—잠시만……. 아, 방금 내렸는데, 성봉창이 확실합니다.

—알았다.

"형님, 놈들이 결국 이곳으로 다 모이는데요?"

—명 사장도 눈이 빠지게 기다리던 건축 심의가 통과됐다면 자축이라도 하지 않겠어?

"하긴……. 어쨌든 잘됐네요. 각개격파를 하는 수고를 하지 않아도 되니 말입니다."

—그런 셈이군. 명 사장!

"말씀하십시오."

—이제부터 내가 들어갈 테니 뒷수습은 자네가 책임져.

"저……. 괜찮겠습니까?"

—난 염려하지 말고 뒤나 깨끗이 마무리하면서 올라와.

"그건 걱정하지 마십시오."

주택은행 건물로 들어선 담용은 잠시 엘리베이터를 이용할 것인가 아니면 계단을 이용할 것인가를 고민하다가 이내 계단을 택해 오르기 시작했다.

위를 살피며 한 계단씩 천천히 올라가는 담용은 천천히 두건을 덮어썼다.

아무런 동정이 없는 계단을 밟고 오르며 속으로 중얼거렸다.

'성봉창, 오늘로서 더 이상 네게 피해를 입는 선량한 투자자는 없을 것이다. 나잇값도 못하는 놈. 법으로 가기 전에 내가 먼저 곤죽을 만들어 주마.'

범죄를 막고자 있는 것이 법이지만, 상황에 따라서는 그 법이 한참 뒤에 있기에 왕왕 문제가 된다.

즉, 일이 이미 벌어진 연후에 법이 있다는 의미다.

달리 말하면 이미 죽고 난 후에 법이 설친다는 얘기로 사후 약방문 격인 셈이다.

이렇듯 법이란 내가 범죄를 저지르면 그에 상응한 벌을 받게 된다는 일종의 경고성 문구인 것이지 당장 눈앞에 벌어지는 범죄에는 아무런 도움이 되지 못한다.

어쩌면 우리가 만든 법의 괴리가 여기에서 기인하지 않나 싶다.

예를 들면 누가 봐도 당장 피해자가 생길 것이 빤한 사건이다.

그럼에도 불구하고 이를 사전에 막는 것이 옳은지 아니면 피해자가 생긴 연후에나 가해자를 쫓는 것이 옳은지가 문제인 것이다.

법이 곧 정의로 대변되는 사회지만 정의를 지키기 위해 의인으로 나섰다가 오히려 법정에 서야 하는 일이 왕왕 일어난다.

이렇듯 의인들을 방관자나 범죄자로 만들어 버리고 오히려 사건을 키워 버리는 오류는 언제든지 발생하는 일인 것이다.

정의를 지키는 것이 법이라지만 정작 정의 위에 법이 있는 셈이다.

'훗! 하지만 나는 의인도 정의의 사도도 아니다. 오로지 상식적으로 옳다고 생각하는 일을 해 나갈 뿐인 보통 사람이지.'

고로 선분양을 원해 미리 돈을 질러 놓은 힘 있는 작자들은 담용의 해당 사항에는 없었다.

'흥! 국민의 이름을 팔아 권력을 얻고 배를 불린 놈의 명성을 빌어 일확천금을 노린 작자들은 구제해 줄 의무도 필요도 없지.'

국민의 이름을 팔아 권력을 얻고 배를 불린 작자는 바로 갈성규 의원을 두고 하는 말이었다.

그 작자의 일거수일투족을 보고 개미 떼처럼 달려와 투기를 해 댄 사람들은 국민들의 위화감만 조성하는 무리들이라 보호해 줄 필요가 없다는 생각이다.

성봉창 같은 작자는 그런 무리들을 교묘하게 촉매제로 삼아 일확천금을 노리는 기생충일 뿐이라 두 번 다 그런 짓을 못 하도록 작신 분질러 놓으면 그만이다.

재물도 자기에게 주어진 몫이 있다. 자기 몫 이상의 재물은 화禍가 되거나 어느 날 소리 없이 나가 버리기 마련인 것이다.

이는 성봉창이 담용의 친구를 건드렸고, 그것이 발단이 되어 사기 분양 사실을 알게 된 것만으로도 이미 증명된 것이라 할 수 있다.

아무튼 3층으로 오르는 담용의 발걸음은 고양이의 그것과 다름없었다.

3층까지는 아무런 동정이 없었지만, 4층으로 오르는 계단에서 낌새가 감지됐다.

'시작해 볼까?'

한차례 심호흡을 한 담용이 전신에 차크라를 운용해 몸의 감각을 최고조에 이르게 했다.

그러자 인체의 움직임에 따라 힘의 흐름이 비례해서 상승하는 게 확연하게 느껴졌다.

더불어 감각에 걸리는 인원이 제법 된다는 것을 알고 숫자를 세어 보았다.

하나, 둘, 셋, 넷…… 일곱…….

계단이나 복도에 몰려 있는 인원은 일곱 명으로 추정됐다.

두목이 머무는 곳치고는 조금 적다 싶은 숫자였지만, 지금이 업소에 나가 일을 하는 시간임을 감안하면 이해 못 할 것도 아니었다.

'일곱 명이라…….'

뇌리로 잠시 시뮬레이션을 그려 본 담용이 이들의 위치까지 파악하고는 주먹을 꾹 쥐었다.

주먹에 힘이 실리자 지신근과 소지신근이 뚜렷이 구별되면서 깊은 하박 근육에 골이 파였다.

곧 파도처럼 밀려온 차크라의 기운이 금방이라도 주먹을 터트려 버릴 듯이 불끈거렸다.

그것이 신호였다.

스윽.

담용의 발걸음이 빨라지기 시작한다 싶더니 이내 4층 계단에 올라섰다.

계단에 걸터앉아 이야기를 나누고 있던 사내 두 명과 담용의 눈이 딱 마주쳤다.

"어?"

"누……."

그러나 두 사내가 채 입을 떼기도 전에 상대가 바로 코앞으로 다가온 것을 느꼈을 때는 이미 둔중한 충격을 받은 뒤였다.

마치 여유가 있다고 여겼던 공간이 졸지에 뚝 끊어진 듯한 기분만을 느낀 두 사내가 허물어졌다.

'두 명.'

이미 5층으로 올라서고 있는 담용이 중얼거린 숫자다.

아마도 두 사내는 보초였던 듯 5층으로 오르는 계단에는 더 이상 지키는 이들이 없었다.

바늘 끝 같은 감각으로 다시 한 번 복도의 동정을 살핀 담용은 지체 없이 움직였다.

담용이 이렇듯 전격적인 움직임을 보이는 것은 시끄러워지는 것이 싫었기 때문이다.

아직까지도 검문검색을 멈추지 않고 있는 경찰들 때문에라도 속전속결이 필요했다.

"……?"

느닷없이 나타난 인영의 등장에 얼굴에 의문부호를 드러내던 사내는 이미 눈앞을 가득 채운 까만 벽을 감지할 사이도 없이 '띵' 하고 이마에 충격이 오며 뒷골이 빠개지는 듯한 통증을 느끼자 그대로 뒤로 넘어갔다.

"엉? 누구……!"

빽!

잘 건조된 박이 깨지는 소리를 시작으로 사내들의 수난이 시작됐다.

"컥!"

"저, 저……. 욱!"

고개를 돌리던 사내는 갑작스러운 상황을 인지하기도 전에 쇠망치에 얻어맞은 듯한 충격에 까무룩 정신을 잃었다.

옆에 섰던 사내 역시 깜짝 놀란 것이 반응의 전부였다.

"뭐, 뭐……."

퍽!

"아윽!"

바람에 날리는 깃털처럼 슬쩍슬쩍 움직이며 내뻗는 담용의 주먹질에 사내들은 비명은커녕 억눌린 신음도 채 내뱉지 못하고 나뒹굴기에 바빴다.

"이 자식들이 왜 이리 시끄러……?"

덜컥! 뻐억!

"커어억!"

담용의 주먹이 문을 열고 밖으로 얼굴을 내밀던 사내의 콧잔등을 때리자, 비명을 지른 사내가 코를 감싸 쥐면서 나가떨어졌다.

"아, 아니! 웬 놈……."

"조용히 해!"

담용이 들어서자마자 우산꽂이에 꽂혀 있는 우산을 뽑더니 막 소리를 지르려는 사내, 즉 날칼을 향해 창을 투척하듯 던졌다.

쉬이익!

"어헛!"

송곳처럼 찔러 오는 듯한 예리한 살기에 날칼이 본능적으로 바닥에 납작 엎드렸다.

그러자 그 피해는 뒤에 섰던 사내에게로 고스란히 전가됐다.

푸욱!

빛살 같은 속도로 날아간 우산은 날카로운 창이 되어 사내의 허벅지를 관통해 버렸다.

"끄아……. 끄으으으……."

시원스럽게 비명을 터뜨리지도 못하고 억눌린 신음만 연방 내뱉는 사내의 얼굴이 삽시간에 시꺼멓게 죽어 갔다.

하지만 인정사정없는 담용의 신형은 바닥을 구르고 있는 날칼을 향해 짓쳐 들었다.

"이런, 씨파!"

담용의 공격에 욕설을 내뱉은 날칼은 바닥을 구르는 와중임에도 종아리에 꽂아 두었던 나이프를 꺼내 들고는 재빨리 일어섬과 동시에 횡으로 휘둘렀다.

휘익!

'이크' 싶었던 담용의 신형이 푹 꺼지면서 나이프가 머리 위를 지나갔다.

'보위 나이프로군.'

특전사 출신이 담용은 나이프의 종류를 대번에 간파해 냈다.

날칼이 휘두른 폭이 넓고 두툼한 나이프는 길이가 40cm는 족히 될 법한 보위 나이프였던 것이다.

그야말로 살상을 위해 태어난 전투 나이프로 살벌하게도 퍼렇게 벼려져 있었다.

하지만 이 모두 찰나의 시간에 지나간 생각일 뿐.

괜히 2인자가 아닌 듯 날칼 역시 순발력이 뛰어났는지 보위 나이프를 장작 패듯이 직도로 내려쳐 왔다.

'호오, 제법!'

내심 탄성을 자아내긴 했지만 담용은 허깨비처럼 뒤로 물러나면서 날칼의 공격을 간단하게 무위로 돌려 버리고는, 곧장 오른쪽 다리에 응축시켜 놓은 근육에 강력한 탄력을 부여해 돌려차기를 시도했다.

후우웅!

"헛!"

상상조차 할 수 없는 속도에 보위 나이프를 채 수습하지 못한 날칼은 움찔하며 엉겁결에 머리를 숙일 수밖에 없었다.

촤촤촤.

머리맡에서 마치 강력한 폭풍이 스쳐 가는 듯한 느낌이 들면서 동시에 피부가 화끈했다.

"윽!"

휘청!

고작 스쳤을 뿐임에도 몸이 휘청했다.

그 순간 복부로 강력한 훅이 들어왔다.

퍼억!

"후욱!"

허파에서 다량의 바람이 빠지는 소리가 나면서 날칼이 허리를 펴지 못하고 웅크렸다.

그때 담용의 발길질이 사정없이 턱에 작렬했다.

털컥!

"크윽!"

이빨이 몽땅 부러졌을 것 같은 타격에 날칼이 온전한 정신을 유지하기는 어려웠다.

"끄르륵."

턱의 충격에 뒤통수까지 타격이 왔는지 그대로 까무러치는 날칼이다.

그야말로 5층으로 들어서자마자 바람과도 같은 움직임에 이은 벼락이 치는 듯한 공격에 상황이 순식간에 끝나 버린 격이었다.

부우욱.

창문의 커튼을 뜯은 담용이 우산을 허벅지에 꽂은 채 식은 땀을 흘리고 있는 사내에게로 다가갔다.

이어 다짜고짜 우산을 잡아 빼고는 극고의 고통에 곧장 비명을 지르려는 사내의 입을 틀어막고 냉랭한 어조로 말했다.

"비명을 지르면 이대로 가 버리겠다."

"흡!"

담용의 협박에 죽기는 싫었는지 황급히 입을 다문 사내가 연방 고개를 끄덕였다.

"좋아."

찌이이익.

커튼을 찢은 담용이 돌돌 말아서는 압박용부터 만들어 관통된 부위를 틀어막았다.

이어서 붕대 대신 커튼으로 드레싱까지 해 주고는 마무리를 했다.

간단한 응급조치만으로도 사내가 과다 출혈로 사망할 일은 없어졌다.

탁탁탁.

손을 탁탁 턴 담용이 물었다.

"저 안에 몇 명 있어?"

담용이 가리킨 곳은 맞은편에 사장실이란 팻말이 붙어 있는 문이었다.

"세, 세 명……."

"몸조리 잘해."

사내를 일별하고 문밖으로 나온 담용은 복면을 한 명국성과 강인한 등이 쓰러진 사내들을 테이프로 누에고치처럼 만들어 놓고 있는 것을 볼 수 있었다.

"대충해."

"헤헤헷, 숨만 쉬게 해 놓는 놀이도 엄청 재미있는데요?"

"짜식."

강인한의 대꾸에 설핏 웃어 준 담용이 사장실 앞에 섰다.

주택은행 5층 사무실에는 이번 그랑프리플라자를 기획하고 획책한 핵심 인물 세 사람이 모두 모여 있었다.

이들은 오늘 건축 심의를 통과한 것을 자축하자는 뜻에서 모인 것으로 사무실 주인인 하봉팔은 물론 사기의 주관자인 성봉창과 자금관리책인 최홍석 변호사가 한창 웃음꽃을 피우고 있는 중이었다.

그러나 단순히 자축하는 의미만 있는 것은 아니었던지 핵심 3인방 외에는 아무도 자리를 같이 하지 않고 있었다.

심지어는 하봉팔의 오른팔이라고 하는 날칼까지도 자리를 같이 하지 않고 있었던 것이다.

"하하핫!"

"아하하하……."

세 사람의 파안대소에는 통쾌해하는 기분이 한껏 묻어나고 있었다.

"성 회장님, 회장님을 만난 이후 늘 감탄해 온 바이지만, 오늘 건축 심의가 통과되는 것을 보고 입이 절로 쩍 벌어집니다. 자 자, 한잔하십시오."

하봉팔이 성봉창을 향해 엄지손가락을 추켜세우는 것도 모자라 과도한 제스처까지 취해 보이며 술을 권했다.

"허허허, 감탄은 무슨? 나야 그저 들러리만 섰을 뿐 일은 전부 공무원들이 다 한결."

"하하핫, 누가 뭐라고 하든 성 회장님이 오케스트라를 훌륭하게 지휘해 온 지휘자지요. 자, 시원하게 쭈욱 드십시오."

"고맙네."

입가에 웃음을 지우지 못하는 하봉팔의 권유에 성봉창이 차가운 맥주를 단숨에 들이켰다.

"자축하는 장소가 참 옹색합니다만, 이해하시리라 믿습니다."

"지금은 몸을 사릴 때이니 이런 장소가 딱이오. 괜히 대중음식점에서 요란하게 먹다가는 그동안 다져 놓은 이미지가 망가지는 것은 물론 다 된 밥에 재를 뿌리는 꼴이 되기 십상이라오."

"헤헤헷, 당연히 그러리라 생각하고 마련한 자립니다. 여긴 아무도 보는 사람이 없으니 편안한 마음으로 드십시오. 드시고 싶은 음식은 얼마든지 시켜 드리겠습니다."

"허허헛, 하 사장은 눈치도 빠르고 처신하는 것도 수준급이라 어떤 사업을 해도 성공하겠네그려, 허허허……."

"하하하, 좋은 사업이 있다면 저도 좀 같이……. 곤란하시면 추천이라도 해 주시면……. 하하핫."

말해 놓고도 머쓱했는지 하봉팔이 큰 웃음으로 어색함을 지우려 애썼다.

"아아, 좋은 얘기지. 차차로 기회를 봅시다. 어차피 이번 일로 잠시 잠적했다가 나와야 할 테니 나중에……."

"하하하, 감사합니다."

성봉창에게 과도하다 싶을 정도로 굽실거리던 하봉팔이 약간은 굳은 표정을 하고 있는 최홍석에게 다가섰다.

"아! 최 변호사도 제 술 한 잔 받으시오."

"아, 예."

"그동안 자금을 관리하랴 성 회장님을 음으로 양으로 서포트하랴 애를 많이 썼습니다."

"어이구! 뭘요."

"겸사할 필요는 없습니다. 사실은 사실이니까요. 근데 표정이 너무 굳어 있는 것 같습니다."

"아! 아직 가장 중요한 일이 끝나지 않아서요."

"아아, 이해합니다. 내일은 정말 중요한 날이지요. 혹시 샴페인을 너무 일찍 터뜨렸다고 저를 타박하시는 건 아니겠죠?"

"그럴 리가요. 전 단지 아직 일이 남아 있는 관계로 너무 과음해서 내일 일에 지장이 있으면 곤란하다는 뜻입니다."

"역시……. 많이 배운 분들은 절제하는 게 남다르군요."

"별말씀을요. 저도 이 자리를 즐기고 싶지만 한 사람이라도 정신을 차리고 있어야 할 것 같아서 한 말이니 너무 고깝게 듣지 않았으면 합니다. 더구나 제가 돈을 관리하는 직책이라 더 그런 것이니…….”

“아아, 충분히 이해합니다. 암은요. 역시 성 회장님이 사람 하나는 제대로 택하셨네요.”

“그렇게 말하시는 하 사장님도 좀 의외입니다그려.”

“예, 뭐가요?”

“말씀하시는 어투가 전혀 밤의 황제 같지 않고 학자풍의 인물 같아서요.”

“아, 하하하, 제가 이래 봬도 학사 출신이잖습니까?”

“어? 그래요?”

“예, 그래서 같은 밤의 식구들이 별명으로 도끼니 작두니 부르지 않고 학사라고 부르지요.”

“오호, 대단하십니다. 학구파가 이런 밤의 세계에 왕초가 될 수 있다니, 참말로 믿기 어려운 일인데요?”

“아, 제가 싸움을 좀 합니다. 체육대학에서 태권도를 전공했거든요.”

“그, 그렇군요. 언제 한번 그 엄청난 파워를 볼 기회가 있었으면 좋겠습니다. 저는 워낙 운동하고는 거리가 먼 몸치라서…….”

“하하핫, 힘쓸 일이 있으면 언제든지 연락하세요. 애들 몇 명 보내는 거야 어려운 일이 아니니까.”

“오오! 감사합니다. 그러지 않아도 그럴 일이 가끔 생기는데……. 부탁 좀 합시다.”

"언제든지요."

"자 자, 얘기는 그 정도로 하고……. 최 변호사, 이제 보따리를 풀어 놓지그래."

"아, 그럴까요?"

턱.

성봉창의 말에 손에 든 술잔을 놓은 최홍석이 자신의 서류 가방을 둔 곳으로 갔다.

성봉창의 입에서 보따리를 풀라는 말이 나오자, 쉼 없이 지껄이던 하봉팔의 눈빛이 순간 번뜩했다. 이어서 마른침이 넘어가는지 목울대가 티가 나도록 꿀럭거렸다.

보따리를 풀라는 의미가 뭔지를 알기에 나오는 행동이었고, 자연 하봉팔의 시선은 최홍석의 서류 가방에 집중됐다.

이유는 단연코 500억 원이라는 돈에 있었다.

가히 천문학적인 돈이었다.

하봉팔이 뒷골목을 전전하면서 야화들의 화대를 갈취하고, 물 탄 양주를 팔고, 술값을 바가지 씌우고, 해결사 노릇을 수만 번 하더라도 결코 만져 볼 수 없는 돈이 바로 코앞에서 그 모습을 드러내기 직전인 것이다.

자연 긴장이 될 수밖에 없었다.

하봉팔로서는 좁쌀이 수천수만 번을 구른다고 해도 호박 한 번 구르는 것보다 못하다는 말을 실감하는 순간이었다.

눈이 뒤집어지지 않을까 염려되는 그때 최홍석이 제법 두툼한 서류 가방의 지퍼를 열며 입을 뗐다.

"이미 의논을 나눈 바가 있어 알고 계시겠지만, 다시 한 번 말씀드리지요. 기실 D데이는 오늘이라고 할 수 있습니다. 내일 있을 선분양금까지 온전히 우리 수중에 들어온다면 좋겠지만, 그야말로 천운이 닿아야 가능한 일이니 잠시 잊었으면 합니다. 천운이 필요한 일은 그대로 진행되게 놔두고, 일단 수중에 들어온 돈부터 각자의 몫대로 나누도록 하겠습니다. 이는 내일 일이 잘못되더라도 이 돈으로 잠적을 해야 하는 일종의 보험금인 셈이라 미리 나누는 것입니다."

"최 변호사, 다 알고 있는 사설일랑은 그쯤해 두게. 하 사장이 궁금해하는 눈치니 어떻게 준비했는지를 말해 주게나."

"알겠습니다. 아시다시피 1차로 들어온 대금이 정확하게 500억입니다. 이 같은 거액을 부피가 큰 현금이나 추적이 쉬운 수표로 바꾸기가 불가능한 관계로 전액을 무기명채권으로 바꾸었습니다."

"당연히 그래야지. 하지만 한 군데로 몰기보다는 좀 섞을 필요가 있을 텐데……."

"물론이지요. 공채 여섯 곳과 회사채 10여 곳입니다."

"애썼군. 그 정도라면 안전하다고 할 수 있지."

"근데 할인은 적용되지 않았지만, 수소문하는 과정에서 수고비가 조금 들었습니다."

"그거야 당연한 건데…… 얼마나 들었나?"

"딱 한 장 들었습니다."

최홍석이 검지를 들어 보였다.

1억이 들었다는 소리다.

"그 비용은 내 몫에서 부담하도록 하지. 이제 나누게."

"예, 근데……."

최홍석이 출입문 쪽을 쳐다보더니 곧 하봉팔에게 시선을 돌렸다.

"바깥이 좀 시끄러운 것 같지 않습니까?"

"어? 그래요? 난 잘 모르겠는데……."

"하하, 제가 귀가 좀 밝은 편이라 웬만한 소리는 다 들리거든요."

"아, 그렇다면 잠시 기다리십시오. 중요한 순간인데 잡음이 들리면 안 되지요."

바깥이 소란스럽다는 말을 듣자 단박에 인상이 굳어진 하봉팔이 문을 벌컥 열었다.

"날칼! 왜 이리……. 응?"

씨익.

문을 열자마자 웬 낯선 얼굴이 이빨이 보이도록 하얀 미소를 짓는 모습을 본 하봉팔이 버럭 화를 냈다.

"뭐야!"

말하는 투가 현재 상황이 어떤지 전혀 감을 잡지 못하고 있는 눈치다.

고로 담용을 부하들 밑에서 그저 심부름이나 하는 똘마니 취급을 하고 있는 것이다.

"너 누구야? 날칼은 어디……?"

턱!

"욱!"

말을 끝내기도 전에 담용이 다짜고짜 멱살을 움켜쥐어 버리자 숨이 턱 막히는 하봉팔이다.

"허헉! 넌 누, 누구……."

담용의 믿기지 않는 무지막지한 완력에 대롱대롱 매달린 하봉팔이 발버둥을 마구 쳐 댔다.

하지만 끄덕도 하지 않는 담용의 초인적인 완력에 속수무책일 따름이다.

그야말로 하봉팔로서는 어처구니없는 상황이 아닐 수 없었다.

"그 자식 되게 시끄럽네."

말이 끝남과 동시에 담용이 발로 강철 문을 차 버렸다.

콰-앙-!

귀를 찢는 굉음과 함께 강철 문이 스티로폼 패널처럼 뜯겨져 사무실 안쪽 벽에 부딪쳤다.

콰당탕탕-!

"어헉!"

"어, 어이쿠!"

느닷없는 봉변에 성봉창과 최홍석이 잽싸게 한쪽으로 물러났다.

두 사람은 좋았던 분위기에 별안간 찬물이 끼얹어진 터라 퍼렇게 질린 안색을 하고서도 상황을 파악하려고 애를 썼다.

하지만 곧장 전개된 눈앞의 광경에 그만 눈을 질끈 감아야 했다.

처얼썩!

담용이 실내로 들어서더니 곧바로 하봉팔의 따귀를 갈겨 버렸다.

“끄아악!”

하봉팔의 입에서 악다구니 같은 비명이 터져 나오면서 걸쭉한 핏줄기가 뿜어져 나왔다.

“한쪽만 맞으면 균형을 잃은 병신 같아 보이니 나머지도 마저 맞자.”

철썩!

“크으윽!”

달랑 따귀 두 대였지만 하봉팔은 신경 다발이 있는 대로 찢어발겨지는 무시무시한 통증이 수반되어 오자 전신을 부들부들 떨어 댔다.

당장이라도 기절하고 싶을 정도로 통증은 엄청났다.

“짜식, 별것도 아닌 놈이…….”

철퍼덕!

담용이 홱 집어 던지자 휴지처럼 구겨져 처박히는 하봉팔이다.

"으으으……. 쿠에엑!"

도무지 정신을 차릴 수 없던 하봉팔은 급기야 구토를 하기 시작했다.

당연한 일이었다.

따귀를 세차게 맞으면 귓속의 평형을 담당하는 전정기관에 충격이 가 현기증과 구역질을 동반하기 마련이다.

심할 경우에는 호흡과 심장박동에까지 영향을 끼쳐 기절하는 사태가 벌어지기도 한다.

지금 하봉팔이 딱 그 꼴이었다.

투벅. 투벅. 투벅.

일부러 소리를 내느라 둔탁한 발걸음을 내딛던 담용은 하봉팔에게 다가서자마자 오른쪽 발목을 사정없이 분질러 버렸다.

연이어서 비명을 지를 새도 없이 간단한 발길질 한 번으로 왼쪽 팔마저 부숴 버렸다.

"끄아아아악-!"

퍽! 털컥!

엄청난 통증에 비명을 있는 대로 질러 대는 하봉팔의 턱주가리에 담용의 발길질이 가해지자 단박에 조용해졌다.

"나쁜 시작은 끝도 나쁘기 마련이지. 앞으로는 설치지 말고 조용히 살아."

그렇게 내뱉고는 담용이 돌아섰다.

동시에 살기에 찬 눈빛이 한쪽 구석에 뻘쭘하게 서 있는 성봉창과 최홍석을 훑었다.

움찔움찔.

눈빛만 받았을 뿐인데도 담용의 잔인한 면목을 본 두 사람은 공포를 느끼는 듯 부르르 떨었다.

"흠, 세 놈 모두 이번 그랑프리플라자의 주역이겠지? 그렇지 않나?"

"……."

투벅. 투벅. 투벅.

공포의 둔탁한 발걸음이 최홍석에게로 향했다.

"난 말이야, 너처럼 똑똑한 놈이 정말 싫어. 그 이유가 뭔지 알아?"

"……?"

"법을 배운 법률가로서 사기꾼 놈들을 징치하지 않고 오히려 법률이 미치지 못하는 구멍을 찾아 도피케 하고, 또 놈들과 함께 놀아나면서 죄 없는 사람들을 울려 가정을 파탄시키는 것도 모자라 자살까지 하게 하는 더러운 놈이라서야."

찰싹. 찰싹.

담용이 최홍석의 뺨을 때리고는 말을 이었다.

"네놈이 사법연수원 몇 기인지는 모르겠다만 수료하면서

선서는 했겠지? 그새 까먹었다면 내가 한번 읊어서 상기시켜 줄까?”

“……!”

“잘 들어. 크흐흠. 흠.”

목청을 가다듬으며 기억의 전도체를 건드려 언젠가 신문에서 봤을 선서 내용을 떠올렸다.

다행히 주마간산 격으로라도 읽었었는지 내용이 생각났다.

“흠흠흠, 불굴의 용기로 법과 질서를 확립하고 국민의 자유와 기본적 인권을 수호하며 법률가로서의 능력 배양에 정진하는 한편 법조인으로서 공정 성실하게 직무를 수행함으로써 법조의 명예와 긍지를 지키겠다. 맞아?”

“…….”

“씨불 넘, 사기꾼 놈들과 같이 놀아나면서 서민들을 울리는 게 명예와 긍지를 지키는 것이라면 일찌감치 은퇴해라.”

빠각!

담용의 입에서 ‘라’ 자가 끝남과 동시에 강력한 발길질이 가해졌다.

“커어억!”

털푸덕!

정강이가 뚝 부러진 최홍석이 힘없이 주저앉았다. 그러곤 곧 무지막지한 통증에 입을 딱 벌렸다.

"크아아악!"

"입 닥쳐! 죽고 싶지 않으면!"

"으으으……."

담용의 고함에 그러지 않아도 사색이 된 최홍석이 입을 다물었지만 입가로 새어 나오는 신음만은 막을 수 없었다.

퍽!

"이 새끼, 어딜 튀려고!"

쿠당탕탕!

담용이 최홍석을 다루고 있는 사이 성봉창이 도주를 하려다가 우악스러운 강인한에게 걸려 다시 안으로 굴러들어오더니 벽에 처박혔다.

"사, 살려 주십시오. 도, 돈은 전부 드, 드리겠습니다! 제, 제발……."

생명의 위협을 느꼈음인지 아예 무릎을 꿇고는 손이 발이 되도록 싹싹 빌어 대는 성봉창이다.

바로 이 모습이 거만한 허세 뒤에 감추어진 비겁함과 추악함인 것이다.

그리고 미증유의 폭력 앞에 여리고 나약해지는 사기꾼의 본질이기도 하다.

물론 담용의 강력한 임팩트가 가져온 부작용(?)에서 기인했음은 말할 것도 없다.

"돈은 주겠다고?"

"예, 예. 몽땅 다 드리겠습니다."

"그래? 얼마나 있는데?"

"배, 백억……. 아니, 이백억을 주겠소."

돼지 간처럼 붉어진 눈이 돈 이야기를 할 때만큼은 이런 상황에서도 번들거리는 성봉창이다.

당연히 하늘 높은 줄 모르던 자부심도 와르르 무너진 상태다.

성봉창은 '억'을 누구 집 강아지 부르듯 내뱉고 있다. 제 놈 돈도 아니면서 정말 괘씸하기 짝이 없다.

"싫어."

"그, 그럼. 삼백억을 주겠소!"

"나 돈 많아. 이 말은 당신이 지금 귀신 앞에서 머리를 풀어 헤치는 격이란 뜻이지."

"……?"

"쯧, 못 알아듣는 모양인데, 쉽게 말해 공자 앞에서 문자 쓰지 말란 소리다."

"저…… 이거 좀……."

"응?"

멀대가 다가와 최홍석의 서류 가방을 펼쳐 보였다.

극도로 말을 아끼기로 약속이 되어 있어 대부분의 의사는 눈짓으로 표현했다.

"또?"

"예."
또 무기명채권이냐는 물음에 멀대가 쓴웃음을 지어 보였다.
담용이 채권 한 뭉치를 들어 가늠을 해 보았다.
파라라라락.
"모두 얼마야?"
"중간 크기로 다섯 개요."
500억 원이란 소리다.
"진짜 억 소리가 나올 법하네."
"딱 보니 돌고 돌은 채권이라 추적은 생각지도 못할 겁니다."
"변호사 놈이 별짓을 다 했군."
"챙기지요."
"당연하지."
"그리고 이것도……."
멀대가 몇 장의 서류를 내밀었다.
"뭐야?"
"이번 프로젝트에 대한 합의서입니다. 사기를 치기로 한 합의서요."
"그것 잘됐네."
담용이 대충 훑어보니 서로 믿지 못해서 연판장 비슷한 문구의 말미에다 인장을 꾹꾹 눌러 놨다.

거기에 어떻게 분배할 것이냐 하는 서로의 몫까지 세세하게도 적어 놨다. 그것도 내일 선분양을 할 분량까지 예상해서 말이다.

"하하핫, 사기죄로 감방에 집어넣기에 딱 좋은 증거 서류인 셈이군. 어이! 강!"

"옛!"

"저 작자는 네가 처리해라."

담용이 성봉창을 가리켰다.

"엑! 혀, 형님은요?"

"더 이상 피를 묻히기 싫어서 그런다."

"에이, 저도……."

"쓰읍!"

"아, 알았어요, 근데 어느 정도……?"

"글쎄다. 남은 인생을 남이 떠먹여 주는 밥을 먹으며 살아가게 하면 어떨까 싶은데……."

"히익!"

"쩝! 네 마음대로 해라. 대신 내일 경찰이 올 때까지는 살아 있게 해."

내일 아침쯤에나 경찰에 신고를 할 생각이니 적당히 손을 보는 것도 기술이었다.

"알았어요."

"좋아, 이제 다들 나가자고."

"예."

담용이 밖으로 나가자 명국성이 뒤따르던 멀대의 옆구리를 쳤다.

툭!

"얼마야?"

"다섯 개요."

"오백?"

"예."

"크크큭, 우리는 형님 처마 밑에 빌붙어만 있어도 평생 굶을 일은 없겠다."

"그걸 이제 알았어요?"

BINDER
BOOK

일상 I

2000년 7월 22일 토요일.

담용의 단골 퀵서비스 회사인 스피드 퀵의 배달원이 의정부 지방검찰 청사를 찾아든 것은 토요일 오전 열 시쯤이었다.

곧장 민원실로 찾아간 배달원이 두툼한 봉투를 내려놓으며 여직원에게 말했다.

"이거 받았다는 사인 좀 부탁합니다."

"네?"

"아, 배달품을 받아 달라구요."

"아! 잠시만요."

여직원이 봉투를 확인하더니 물었다.

"보낸 분 주소가 없는데요?"

"그건 저희가 관여할 사안이 아니지요. 단지 받으시는 분이 지청장님으로 되어 있어서 돈을 받고 배달하는 것뿐이니까요."

"……."

배달원의 말에 인상을 찌푸리던 여직원이 옆의 동료에게 물었다.

"언니, 이런 경우는 어떡하죠?"

"폭발물만 아니면 다 받아. 어차피 익명의 투서는 가끔 있는 일이니까."

"아, 참고로 이런 말을 해 달라고 하던데요?"

"네?"

"너무 늦으면 생명이 위험한 사람들도 있다고요."

"예에? 그, 그게 무슨 말이에요?"

여직원이 뾰족한 음성을 지를 때, 옆에서 바쁘게 업무를 보고 있던 선배 여직원이 듣고는 얼른 일어섰다.

"아아! 깜빡했다, 얘! 그거 아무래도 아침에 지침이 내려온 투서 건인 것 같다."

"어머! 그래요?"

"응, 그것도 지청장님께서 직접 챙기시는 투서."

선배 여직원이 얼른 봉투를 낚아채더니 서둘러 자리를 떠나면서 일렀다.

"미스 정, 퀵서비스 회사 전화번호 적어 놔."

"네."

지청장실.

한만수 지청장이 예의 서류 봉투를 앞에 놓고 검토에 열중인 장상인 검사에게 물었다.

"장 검사, 어때?"

"이거 어디서 구했습니까?"

"오늘 아침에 익명으로 온 투서야."

"투, 투서요?"

"응, 자칭 정의의 사도라고 하는 이로부터 말일세, 하하하……."

"그렇다면 제대로 된 정의의 사도로군요."

"그렇게 되나?"

"예, 아주 가관도 아닌 사람들을 엮어 넣게 했으니까요. 그것도 완벽하게 말입니다."

"대충 훑어본 나 역시 그런 생각이네만……. 여당 중진인 갈성규 의원이 개입되어 있는 것 같아서 말이야."

"또 정경 유착입니까?"

"그것과는 성질이 좀 다르긴 한데……. 그 양반이 어지간한 사람이어야지."

"이 서류대로라면 아무리 갈성규 의원이 개입됐다고 하더라도 무조건 구속감입니다."

"허허헛, 역시 젊은 피가 다르긴 다르군."

"지청장님께서 저를 부른 건 불도저식으로 밀고 나가란 뜻 아니었습니까?"

"어? 눈치챘나?"

"하핫, 지청장님도 참……. 그런데 이 정도 진행됐다면 이미 도주했을 수도 있을 텐데요?"

"허허헛! 퀵서비스 맨의 말이 거기 적힌 주소로 빨리 안 가면 생명이 위험할지도 모른다고 해서 잠시 식겁했었지."

"예? 그게 무슨 말입니까?"

"이미 정의의 사도께서 한바탕 휘저어 놓고 갔다는 얘길세."

"아아! 하면 그자가 이걸 보내왔단 말이군요."

"그렇지."

"근데 생명이 위험하다니요?"

"그자가 혼쭐을 낸 모양이야. 그래서 정말이라면 큰일이다 싶어서 일산경찰서에다 협조를 구했다네."

"그, 그래서요?"

"모두 열 명인데, 전부 병신이 되어 있다는 보고를 해 왔네."

"예에?"

“후후훗, 어때? 맡아 보겠나?”

“마, 맡겠습니다.”

“좋으이. 그럼 그 건은 자네가 맡게.”

“저……. 정의의 사도란 자를 만날 수 있겠습니까?”

절레절레.

“어려울 거네.”

“하긴 괜히 익명으로 투서를 했겠습니까?”

“바로 그걸세.”

“제 뒤는 지청장님께서 바람막이가 되어 주실 걸로 믿겠습니다.”

“그러지.”

“그럼 가 보겠습니다.”

“수고해 주게.”

살짝 고개를 숙이는 것으로 예의를 차린 장상인 검사가 지청장실을 나갔다.

“훗! 자네만 만나고 싶은 게 아니라 실은 나도 만나고 싶은 자라네.”

그렇게 중얼거린 한만수 지청장은 고요한 새벽의 정적을 깨우는 전화벨 소리에 단잠을 깼던 당시를 떠올렸다.

이것은 장상인 검사에게는 말하지 않은 내용이었다.

7월 22일 새벽 4시경 한만수 의정부지청장 댁.

보로롱. 보로로롱. 보로로로…….

"여보, 전화예요. 그냥 끌까요?"

"아, 뭔가 급한 일이 있는가 보오. 상관 말고 더 자도록 해요."

새벽의 단잠을 깨우는 전화벨 소리에 한만수 지청장은 짜증이 날 법도 했건만 아내를 안심시키고는 으레 습관이라도 된 듯 침상 머리맡의 간이 탁자에 놓인 전화기를 들고는 거실로 나갔다.

"아, 여보세요?"

–한만수 지청장님이십니까?

"그……렇소만."

"주무시는데 단잠을 깨워서 정말 죄송합니다."

"그럴 만한 일이 있으니 깨웠을 것으로 여기오만……. 한데 뉘시오?"

–죄송합니다. 목소리까지 변조할 정도로 조심스러워서 이름을 밝히기가 어렵습니다. 이점 양해 바랍니다.

"뭐, 좋소. 이런 첫새벽에 전화를 건 용건이나 들어 봅시다."

–말씀드리지요. 오늘 아침 열 시경에 퀵서비스를 통해 청사에 배달품이 하나 도착할 것입니다.

"배달품?"

–예, 제가 정의감에 불타 일을 저지른 결과로, 요즘 세간

을 떠들썩하게 만들고 있는 일산 그랑프리플라자에 관한 건입니다.

"그것이 어쨌다는 말이오?"

—그랑프리플라자에 관한 프로젝트는 그랑드건설의 사장인 성봉창을 비롯해 자금 관리인인 최홍석 변호사 그리고 일산의 밤을 장악하고 있는 정발산파의 두목 하봉팔 이렇게 세 사람이 애초부터 사기를 칠 생각으로 기획한 작품입니다. 배달품은 그 증거물들이오니, 그것으로 놈들을 구속하기에는 충분할 것입니다. 아울러…….

"……?"

—사회정의를 행사하는 과정에서 다소 불미스러운 일이 생겨 자칫 사람의 생명이 위험할 수도 있는 일이 발생했습니다.

"뭐요? 사람이 다쳤소?"

—예, 지청장님께서는 전화가 끝나는 대로 탄현 지구 주택은행 건물 5층으로 경찰을 보내 부상당한 그들을 병원에 보냈으면 합니다.

"허어, 정의감에 불타서 저질렀든 우발적이었든 간에 사람을 상하게 했으면 죗값을 치러야 하는 것 아니오?"

—물론 그래야 하는 것이 정상이겠지만, 내일 선분양이 진행되면 그 사람들로 인해 돈을 떼인 많은 사람들이 피눈물을 흘리고, 심지어는 가정 파탄과 자살까지 하게 될 일들을 미

연에 막은 것으로 갈음하렵니다.

"허어, 그렇게 되면 법은 있으나마나 아니요?"

-제게 법은…… 항상 너무 멀리 있더군요. 언제나 일이 벌어지고 난 다음에야 법이 나서서 수습을 하니 말입니다. 그리고 사기꾼들은 사기를 친 돈으로 전관예우를 받는 변호사를 선임해 죗값을 치르기는커녕 법망을 잘도 빠져나가더군요.

"거…… 좀 외로 꼬인 것 같소만……."

-이만 끊겠습니다. 끝까지 들어 주신 점 감사드립니다.

KRA TF팀 사무실.

아홉 시가 다 되어 가는 시각은 TF팀이 아침 미팅을 끝내는 시점이다.

역시나 벽시계를 힐끗 일별한 담용이 서류를 가지런히 챙기며 말했다.

"미팅은 이것으로 끝내겠습니다. 주말인데 별일이 없다면 일찍 퇴근해도 좋습니다."

"으아-! 우리의 아지트인 사보이로 간 때가 언제 적 일이더냐?"

"어? 안경태! 네가 쏘려고?"

"우씨, 팀장이 쏜다고 했잖아?"

"그건 말복 때지. 그냥 쏜다고 해라. 이 몸도 오랜만에 네 덕에 시원한 맥주 한잔 하게 응?"

툭!

"안 대리, 같이 더치페이 어때?"

"어? 설 대리가 웬일이래?"

"흥! 나도 돈 있어 왜 이래?"

"그걸 의심하는 게 아니고……."

"그럼 뭐?"

"서방님께 구박받으면 어쩌려고……."

"뭐야? 죽을래?"

후다다닥.

"히히히힛, 그냥 내가 낼란다. 설 대리가 소박받고 시집에서 쫓겨나는 건 내가 절대 못 본다."

"안경태! 너……. 거기 안 서!"

설수연이 열 손가락 끝에 벼려 놓은 손톱을 바짝 세우는 것을 본 안경태가 질겁하며 달아났다.

"으아아아! 사람 살려어-! 오선지는 서방인 송 과장 얼굴에 그려야지 왜 나한테로 손톱이 향하냐고?"

디리리리. 디리리리…….

"어? 팀장, 전화 왔네."

"아! 예."

유장수가 건네주는 휴대폰을 받은 담용이 액정을 살펴보니 눈에 익숙지 않은 전화번호였다.

하지만 마크 설리번이라는 이름자는 선명하게 떠 있었다.

'와, 왔다!'

순간 자신도 모르게 환호성을 지를 뻔한 담용이 애써 마음을 가라앉히고 수신 버튼을 눌렀다.

꾸욱.

―예, 육담용입니다.

―헬로우, 미스터 육!

"오우! 미스터 설리번?"

―하하핫, 날세, 많이 기다렸는가?

"하하핫, 저야 하루하루 당신이 소식을 전해 오기만을 손꼽아 기다렸지요."

―오오, 그랬나?

"당연히요. 그래, 결정이 났습니까?

―결정이 났으니 연락을 한 것 아니겠나?

"하하하, 좋은 쪽이었으면 하는 바람입니다."

―하하핫, 영암 건으로 또 한 번 코리아를 방문하게 생겼다네.

"아! 그, 그럼, 코리아에서 사업을 하기로 결정한 겁니까?"

―그러네. 그러니 다시 한 번 신세를 져야겠네.

"오오! 그런 신세라면 얼마든지 환영합니다. 하면 언제 방문할 예정입니까?"

–아마 일주일 내로 방문할 수 있을 걸세.

"하하핫, 가능한 빨리 오시면 좋겠습니다."

–그러지.

"참! 아무래도 MOU를 먼저 체결하게 되겠지요?"

–그러네.

"기간은요?"

–우리 기술팀이라면 한 달 정도면 충분히 실사를 끝낼 수 있을 것이네.

"생각보다 빠르군요."

대개는 3개월 아니면 6개월이기에 하는 말이다.

"그럼 소유자에게 통보를 해 줘도 괜찮겠습니까?"

–MOU를 체결하려면 미리 준비를 해 놓는 것이 낫겠지.

"저…… 금액은 얼마나……?"

–약간의 네고시에션이 필요할 것이니, 소유자 측과 의논해서 미리 하한선을 정해 놓는 게 일의 진척이 빠르지 싶네.

"약간의 조정이라도 폭이 있을 것 아닙니까?"

–하하핫, 그건 쉬운 일이 아니니 만나서 얘기하세.

"쩝, 알겠습니다. 제가 너무 성급했군요."

–그리고 이번 방문길에는 미스터 육에게 좋은 일이 있을 걸세.

"그야 제가 원하던 계약이 이루어지니……."

–하하하, 그것과는 별개의 문제라네.

"예?"

–아무튼 미리 알면 재미가 없으니 그것도 가서 얘기하세. 그나저나 미첼 회장님은 귀국할 생각을 않으시는군.

"하하핫, 아마 당분간 귀국하기는 어려울 겁니다."

–아니 왜?

"며칠 전에 통화를 했는데 저더러 부산에서 머물 만한 적당한 집을 구해 달라고 하시던걸요."

–헐!

"그것도 오셔서 직접 연유를 물어보십시오."

–그러지. 이만 끊겠네.

"예, 건강하십시오."

–자네도.

탁.

담용이 폴더를 닫자마자 유장수가 물어 왔다.

"마크 설리번이라면? 호주?"

영어로 대화를 했기에 이름자만 듣고 짐작해 보는 유장수다.

"예, 아무래도 SG모드를 방문해야겠습니다."

"이틀 전에 내가 갔다 왔는데?"

"MOU 계약 체결을 준비시켜야 할 것 같아서요."

"어? 계약을 한대?"

"하하핫, 아마도 그럴 것 같습니다."

"우와!"

덥석!

"팀장, 정말 수고했네."

유장수가 담용의 손을 꽉 움켜쥐며 흥분한 음성으로 말을 이었다.

"차도산전 필유로라고 하더니, 기어코 그 어려운 일을 해내고 마는군그래, 하하하……."

차도산전 필유로車到山前 必有路.

산이 가로막혀 있는 것 같지만, 수레를 타고 가까이 가 보면 반드시 길이 있다는 뜻이다.

"와아! 팀장님, 유 선생님 말이 진짭니까?"

"한 과장님, 좀 바쁘시게 됐습니다, 하하하……."

"으아! 일이 바빠지는 것이야 겁낼 일이 아니지요."

"아마 MOU 기간 동안은 눈코 뜰 새가 없을 정도로 바쁠 겁니다. 기술단과 같이 움직여야 할 테니까 말입니다."

"으으…… 이거 빨리 영어로 대화를 할 수 있어야 할 텐데……."

영어 울렁증이 있는지 벌써부터 움츠러드는 한지원이다.

"걱정 마십시오. SG모드 측에다 영어에 능숙한 직원을 붙여 달라고 할 테니까요. 그리고 제가 가끔 동행할 테고요."

"뭐, 그렇다면 별문제가 없겠지만……."

"그럼 유 선생님과 한 과장님은 저와 같이 SG모드를 방문하도록 하지요."

"에? 지금요?"

"예, 당장요. 왜? 한 과장님은 시간을 내기가 어렵습니까?"

"그게 아니라……. 짠돌이 안경태가 한턱 쏜다고 해서요."

"그거야 다음에 얻어먹으면 되죠."

"헐! 저 짠돌이 놈이 또 언제 이런 기회를 주겠습니까?"

"하하하, 하긴 쉽지 않겠지요. 대신 제가 간단한 점심을 사도록 하지요."

"쩝, 어쩔 수 없죠."

"팀장! 그럼 내가 한턱 쏘지 않아도 되는 거네?"

"응, 오늘 말고 다음에 쏴!"

"흥! 내 사전에 리바이벌이란 단어는 없거든!"

"그래?"

"그러엄!"

"좋아, 나도 이번 영암 건은 네 몫을 빼도록 하지."

"잉? 야야! 그게 무슨 말도 안 되는 스토리야?"

"그럼 너는 말 되는 얘기를 했냐?"

"내가 뭘……?"

"인마, 우리가 놀러 가냐?"

"그야……."

"급한 업무가 생겨서 퇴근도 못 하고 일을 하러 가는 팀원의 뒤통수에다 대고 얼씨구 하면서 한턱 쏘기로 한 걸 취소하다니 말이 돼?"

"맞아! 만약 한턱 쏘지 않으면 팀장이 반대해도 안경태의 몫은 내가 결사적으로 빼게 할 거다."

"아쒸, 송동훈이 너는 왜 또 끼어드는데?"

"팀장 말이 맞으니까."

"호호홋, 고거 샘통이다."

"어쭈구리? 두 내외가 쌍으로 난리네. 췟! 알았어! 다음에 한턱 쏘면 되잖아?"

결국 팀원들의 다구리(?)에 백기를 드는 안경태다.

"짜식, 진즉 그럴 것이지."

"칫!"

"유 선생님, SG모드 측에다 우리가 간다고 연락을 해 놓으세요. 가능하면 회장님이 계시면 좋겠다고 하세요."

"토요일이라 가능할지 모르겠군."

"회사를 살리는 일이라면 회장님이 어디에 계시든 달려오실 겁니다."

"허어, 팀장이 그걸 어떻게 알아?"

"그분의 열정을 제가 알고 있으니까요."

6 · 25 전쟁 당시 혈혈단신 월남해서 맨손으로 이룩한 기

업임을 알고 있는 담용이라 확신했다.

"알았네."

일상 Ⅱ

강남세브란스병원.

영동세브란스병원이라고 혼용해서 호칭되기도 한다. 아직까지 강남이 영동이란 호칭을 쓰는 데서 유래했지만 별로 옳은 지명은 아니다.

유래를 찾아보면 서울 강남 지역을 아파트 단지나 주택지 등으로 개발할 당시 이 일대를 일컫는 광역廣域 지명이 필요해 '영등포의 동쪽 지역'이란 뜻으로 '영동永東'이란 이름을 붙이게 된 것이다.

따라서 '영동'이란 이름은 옳지 않으니 이제는 유래로만 남겨 두고 사용하지 말아야 할 땅 이름인 것이다.

각설하고.

심장내과병동 6층 1인실.

다름 아닌 담용에게서 생명의 구함을 받은 최형만이 입원해 있는 곳이다.

환자복을 입은 모습의 최형만이 뒷짐을 진 채 창문 밖으로 시선을 두고 있었다.

심장 수술이 잘 끝나 한창 회복 중인 최형만은 붉은 혈색으로 보아 그런대로 건강을 되찾아 가는 듯 보였다.

똑똑똑.

"……!"

바깥 풍경에 심취해 있던 최형만이 천천히 돌아서 침상 쪽으로 향했다.

"들어오게."

마치 누가 올 건지 이미 알고 있는 듯한 어투를 내뱉은 최형만이 침상에 걸터앉았다.

문이 열리고 30대 중반의 정장 사내가 들어서면서 고개를 숙였다.

"다녀왔습니다."

"그래, 수고했어. 뭘 좀 마시겠나?"

"괜찮습니다. 점심 식사를 하고 온걸요. 차장님께서는 식사하셨습니까?"

"환자식이야 열두 시 땡 하면 오니까."

"몸은 좀 어떠십니까?"

"오늘은 유달리 컨디션이 좋군."

"아! 정말 다행입니다."

"허허허, 조물주께서 아직 내가 할 일이 남았다는 것을 아시는지 질긴 목숨을 좀 더 연장시켜 주신 것 같네."

"하하핫. 다음에 또 부주의하시면 그때는 아마 조물주께서도 용서하지 않을 것입니다."

"그래, 주의해야지."

뽁!

최형만이 주스 캔 하나를 따서 한 모금 홀짝거리고는 말했다.

"회사는 어때?"

"하하핫, 화해 무드잖습니까?"

"그렇긴 해도 긴장을 늦춰서는 안 돼."

"모두들 잘 알고 있습니다. 그리고 다들 차장님께서 빨리 쾌유하셔서 귀환하시기를 바라고 있습니다."

"쯧! 늙은이가 다 된 사람을 뭐가 이쁘다고 기다리겠나?"

"어? 진짠데요?"

"허허허, 알았네. 조 과장의 성의를 봐서 내 인정하지. 그래, 부탁한 건 알아봤나?"

"아, 예."

조 과장이라 불린 정장 사내, 즉 조재춘이 상의 안주머니에서 하얀 봉투를 꺼내 건넸다.

"여기 간단한 프로필과 주변 상황을 적어 봤습니다."

"도움을 좀 받지 그랬어?"

"그러지 않아도 경 과장의 도움을 조금 받았습니다."

"아아. 서 차장 밑에 있는……."

"예, 제2차장님의 오른팔이지요."

"잘했어. 우리가 국내의 일을 조사하는 건 한계가 있으니까. 어디 한번 말해 보지그래."

이렇게 말하는 최형만은 사실 북한을 담당하는 국정원 3차장인 신분이었다.

육사 출신에 전방 사단장을 역임한 장성으로 육군본부의 요직을 거쳐 국정원 3차장이 된 터였다.

참고로 국정원 1차장은 해외 분야를 담당하고 있으며 2차장은 대공 수사와 대테러 방첩 관련 정보를 담당했다.

"이름은 육담용이며 나이는 스물여덟입니다. 13공수여단 출신으로 5년의 복무연한을 채우고 제대했더군요."

"13공수여단?"

"예, 차장님의 직계 후배가 되시는 전호철 준장이 여단장으로 있는 곳입니다."

"호오! 뭔가 묘한 인연이 시작되는 것 같은 기분이군."

"하하핫, 더 놀라운 사실은 전 준장의 조카, 그러니까 누님이 되니 외조카가 되겠네요. 그분의 딸과 목하 교제 중이더군요."

"엉? 서로 사귀고 있다고?"

"예, 결혼을 전제로요."

"오호! 그거…… 인연이 더 깊어진 기분인데?"

"하하하, 그러고 보니 말씀대로 점점 그렇게 되어 가는 것 같습니다."

"뭐, 이리저리 얽히고설키다 보면 인연이 아닌 사람이 과연 몇이나 있겠나? 그래, 직업은 있고?"

"예, 처음에는 조그만 무역 회사를 다니고 있었는데, 무슨 생각인지 부동산 전문 회사로 직장을 바꿨더군요."

"부동산 전문 회사?"

"그것도 올 초에 들어간 신입 사원입니다."

"헐! 그거 이런 시국에 밥이나 먹고살 정도나 되는가?"

"차장님, 놀라지 마십시오. 이 친구 무역 회사를 다닐 때는 별 볼 일 없었는데, 부동산 회사에 들어가서는 펄펄 날아다니고 있습니다."

"엉? 펄펄 날다니! 그게 무슨 말인가?"

"입사한 지 6개월도 되지 않아서 팀장 자리를 차고앉았더군요."

"잉? 티, 팀장?"

"예. 그것도 특수 물건을 취급하는 태스크포스팀장 말입니다."

"고작 6개월 만에?"

"하하핫, 더구나 고졸임에도 불구하고 외국어에도 능숙하답니다. 아울러 실적 또한 엄청나서 회사보다 더 많은 수익을 가지고 간답니다. 고로 회사에서는 없어서는 안 될 존재이고 신주단지 모시듯 대우를 하고 있다고 합니다."

"그으래?"

"근데 그 친구에 관해 더 깜짝 놀랄 일이 있습니다."

"엉? 그게 뭔가?"

"신청동에 센추리홀딩스라는 투자 운용 회사가 있습니다."

"센추리홀딩스?"

"예, 올해 발족한 회산데 첫 투자부터 유수의 외투사들을 제치고 잠실 엠마타워를 낙찰받았답니다."

"엠마타워라면 그 지역의 랜드마크 같은 건물이라 꽤 값이 나갈 텐데……."

"그렇지요. 한동안 커머셜 분야에서 신성이 나타났다고 말이 많았다더군요."

"그렇겠지."

"근데 그 소문을 들은 경 과장 이 친구가 센추리홀딩스를 참고 목록 리스트에 등재해 놨었던 일이 있었지요."

"그래서?"

"마침 제가 육담용에 대해 조사를 부탁하자 그때 생각이 났는지 센추리홀딩스의 임원진에 육담용이라는 이름이 기재

되어 있던 것을 기억했는데, 처음에는 동명이인인 줄 알았답니다."

"동명일인이로군."

"맞습니다. 한데 정작 놀라운 일은 센추리홀딩스가 우리나라 3대 지하 자금의 왕이라고 불리는 노인네들이 모여서 설립했다는 것 아닙니까?"

"호오! 3대 지하 자금의 왕이라면……?"

"그야 부동산왕인 마해천 회장과 골드킹 고상도 회장 그리고 유가증권의 대가인 주경연 회장이지요."

"그래, 맞아. 하면…… 담용 군은 그런 노인네들 틈에서 뭘 하는 건가? 아니, 직책은 어떻게 되는가?"

"창립 멤버이자 튼실한 말입니다."

"오호호! 창립 멤버라……. 한데 튼실한 말은 뭘 뜻하는가?"

"하하핫, 짐작하시다시피 그야말로 지칠 줄 모르는 적토마지요. 즉, 센추리홀딩스의 모든 기획이 담용 군의 머리에서 나온답니다. 당연히 전번 엠마타워를 낙찰받은 것도 담용 군의 쾌거고요. 그게 말이 쉽지 풍부한 자금을 이용해 세계적으로 날고뛴다는 외투사들을 제치고 낙찰을 받는다는 게 쉬운 일이겠습니까?"

"헐! 적진을 헤집고 다니는 적토마라……."

말은 침착하게 내뱉었지만 기실 내심으로는 심장이 벌렁

벌렁할 정도로 엄청 놀라고 있는 최형만이다.

실상은 생명의 은인이라 '능력이 닿는 한도 내에서 뭔가 도움을 줄 수 있는 게 있을까?' 하고 조사를 부탁했던 최형만이었다.

한데 이건 갈수록 점입가경이니 오히려 도움을 받았으면 싶은 마음이었다.

꼭 물질적인 것이 아니더라도 그 능력을 사고 싶은 것이다.

"하면 노인네들은 뭐 하고? 그래도 과거의 전력이 화려한 사람들인데, 장기나 두면서 시간을 소일하지는 않을 테고……."

"하하핫! 그럴 리가요? 그들 나름대로 연륜을 이용해 노련한 의견을 보태고 있지요. 물론 천문학적인 자금을 댄 것이야 당연한 일이고요."

"허허헛, 자세히도 알아냈군그래."

"이거……. 담용 군을 도우려다가 조사해 보고 나니 오히려 도움을 받을 처지가 된 것 같습니다, 하하하……."

"허허헛, 어쨌든 생명의 은인이 유능하다는 소릴 들으니 기분이 한결 낫군."

"조만간 한번 만나 보시지요."

"그래야지. 그런데 내가 해 줄 게 없지 않은가?"

"서로 안면을 트고 지내다 보면 상부상조할 일이 생기겠지요.”

“그렇군.”

“나머지 소소한 사항은 거기 대충 적어 놨으니 이따가 혼자 계실 때 보십시오.”

“알았네. 수고했어.”

구로공단 내의 SG모드.

담용과 유장수 그리고 한지원 이렇게 세 사람이 회사 내 빈 곳의 주차장을 찾아 차를 대고는 3층 양옥 건물로 향했다.

‘왜 이리 을씨년스러운 분위기지?’

3층 양옥을 중심으로 두 동의 긴 직사각형의 건물이 나란히 마주 보고 있는 SG모드는 화의신청 중인 회사라 그런지 분위기는 그리 활기차 보이지는 않았다.

“아 예, 알겠습니다.”

SG모드의 서 부장에게서 전화가 왔었는지 잠시 통화를 하던 유장수가 폴더를 닫고는 담용에게 말했다.

“방금 회장님이 도착했다는군.”

“그럴 줄 알았습니다. 당연히 큰회장님이시겠죠?”

“그러네. 근데 큰회장 작은회장이 있는 건 어떻게 알았나?"

"비록 자제분인 작은회장님에게 물려주고 2선으로 물러나긴 했지만, 여차하면 언제든 복귀하실 분이시거든요."

"이미 와 봤었나?"

"아뇨. 정보 라인이 있어서 좀 알아봤지요."

"푸헐! 나를 맥 빠지게 하는 소리로군."

"하하핫, 그렇게 하지 않으면 정보의 정확도가 어디서 나오겠습니까?"

"그렇군."

반박을 못 하는 유장수가 생각해 보니 딴은 그런 것도 같았다.

"그런데 매장을 옮겼나? 오늘은 텅 비었네."

"예? 뭐가요?"

"아! 내가 올 때마다 여기가 도떼기시장처럼 벅적거렸거든."

"아아아, 매장요?"

"어? 알고 있었나?"

"아니요."

"근데 어찌……?"

"당연한 것 아닙니까? 의류를 만드는 회사이니 생산품을 조금이라도 더 팔아서 운영비에 보태려면 어쩔 수 없는 행사일 겁니다. 화의신청 중인 회사가 대책을 강구하기도 전에 나자빠져 버리면 경영이 더 악화될 건 빤하죠. 그렇게 되면 기껏 화의신청을 한 보람도 없어질 것 아닙니까?"

"헐! 어찌 그리 잘 아누?"

"유 선생님의 팀장이 되려면 적어도 이 정도는 알고 있어야 될 것 같아서 매일매일 맹렬히 공부하고 있지요, 하하하……."

"험험험, 그렇다면 매장을 다른 곳으로 옮긴 모양이군."

그때 본관에서 훤칠한 키의 사내가 총총걸음으로 걸어 나오더니 대뜸 넙죽 인사를 하며 유장수를 반겼다.

"어이구! 또 뵙습니다, 유 차장님."

유장수의 정식 직함이 차장이어서 부르는 호칭이다.

원래는 담용이 부장으로 건의했지만, 다른 팀의 사정을 고려해 차장으로 한 것이다.

"예, 이거 일이 되려나 봅니다. 자주 얼굴을 대하게 되니 말입니다."

"하하하, 그러게 말입니다."

"자, 인사하시죠. 여기는 제가 모시고 있는 팀장이십니다."

'쯧, 모시다니?'

나이가 적지 않은 유장수의 소개에 담용은 별안간 늙다리가 된 기분이었다.

"처음 뵙겠습니다. 총무부의 서창석입니다."

"아, 예, 육담용입니다."

"서 부장, 우리 팀장님께 잘 보여야 할 겁니다. 이번 영암 건의 키를 잡고 계신 분이니까요."

"아이구 그럼요, 제발 잘 부탁드립니다."

유장수의 치켜세움에 서창석이 과도하게 굽실거렸다.

"별말씀을요. 귀사의 협조가 없으면 어려운 일입니다. 잘 부탁합니다."

"저희야 팔리기만 해도 감지덕지죠. 아무튼 이 기회에 숨통이 트였으면 좋겠습니다. 회장님께 유 차장님의 말을 전해 드렸더니 기대가 큰 듯해 보였습니다."

"최선을 다해 보지요. 그리고 이분은 한지원 과장입니다. 이번 영암 건의 매각을 위해 최일선에서 뛰어 주실 분이시지요."

"아! 정말 중요한 분이시군요. 서창석입니다."

"한지원입니다. 최선을 다하겠습니다."

"자, 그럼 이리로 오시죠."

SG모드 회장실.

올해 팔순인 허창렬 회장은 얼굴에 검버섯 하나 없이 불그레한 것이 아직도 젊었을 때의 정정한 모습 그대로였다.

다만 회사의 다급한 사정 때문인지는 몰라도 연륜에서 올 법한 느긋한 여유로움이 없는 듯한 모습이 조금 아쉬웠다.

딴은 이해가 갔다.

북에서 월남한 이후 먹을 것 입을 것 참아 가며 허리를 졸라맨 결과물이 와르르 무너지게 생겼으니 말이다.

아마 이대로 무너진다면 아마도 당신 평생의 한이 되어 눈도 감지 못하고 하늘나라로 갈 것이다.

하나 말투만은 여유를 가지려 애쓰고 있었다.

"자, 망해 가는 회사이긴 하지만 차 맛은 똑같을 것이니 들면서 얘기하세나."

"감사합니다, 회장님."

담용이 일행을 대표해서 예를 차렸다.

"그래, 이 늙은이가 이렇게 나이를 먹어도 매사에 느긋하지 못하고 조급한 마음이 있어서 그러는데, 누가 무슨 말이라도 좀 해 보지 그러나?"

"제가 말씀을 드리지요."

"그랴, 육 팀장이 이 늙은이의 답답한 속을 뻥 뚫어 주시게나."

"저도 그랬으면 좋겠습니다. 일단 매수 의사를 밝힌 회사는 국내가 아닌 호주에 있는 회사입니다."

"엉? 호, 호주?"

"예. 머레이 걸번이라고……."

"머, 머레이 걸번!"

"예, 혹시 아시는지요?"

"알다마다. 그러지 않아도 젊었을 때 호주에 갔다가 유가공생산자조합 중 가장 큰 업체인 머레이 걸번의 생산 시스템을 보고 내가 홀딱 반하는 통에 영암에다 목장을 차린 거구만……. 허어, 기이한 인연이로세그려."

"하하하, 그 말씀을 들으니 어째 얘기가 쉬워질 것 같습니다."

"에잉, 그렇다고 헐값에는 어림도 없네."

"회장님, 저 역시 헐값에 넘길 생각은 추호도 없습니다. 여기서 단도직입적으로 말씀드리지요. 회장님께서 생각하시는 마지노선이 얼만지 말씀해 주시겠습니까?"

"나야 많이 받을수록 좋지. 이 문제는 그쪽에다 일임한 것 같은데?"

"그렇긴 합니다만 저희가 경험해 본 바로는 아무리 전속계약을 했다고 해도 소유자의 의도에 벗어난 금액이라면 거래하기가 쉽지 않았습니다. 그래서 여쭙는 겁니다."

"평가액은 나왔는가?"

"물론입니다. 하지만 지금 이 시국에 매각하려면 평가액과는 거리가 있을 것입니다."

"그렇겠지. 좋으이. 내 솔직하게 말함세."

"……?"

"평당 일만 원꼴만 받아도 원이 없겠네."

"256억 원이로군요."

256만평이기에 간단하게 계산이 됐다.

"아울러서 한 가지 더 여쭙겠습니다."

"물어보게나."

"원래는 용역비가 3%였는데 한 달 전에 10%로 올렸습니다. 그것이 지금도 유효합니까?"

"허어, 이 늙은이가 다 쓰러져 가는 기업일망정 그래도 한 기업의 오너일세. 내 평생 내 입에서 나간 말은 허투루 나간 게 없다고 자부하네. 그러니 그 말은 유효하네."

한마디로 구두계약도 계약이란 말이다.

"감사합니다. 회장님, 잠시 실례하겠습니다."

허 회장에게 살짝 묵례를 해 보인 담용이 한지원에게 말했다.

"한 과장님."

"예, 팀장님."

"방금 회장님이 한 말씀을 토대로 서 부장님과 전속 계약서를 다시 정정하세요."

"아, 예."

"서 부장님."

"예."

"계약이 성사되면 실사가 나올 것에 대비해서 두 회사 공히 계정이 맞아야 합니다. 그 근거가 전속 계약서이니 협조를 부탁드립니다."

"알겠습니다."

이 모습을 본 허 회장이 속으로 감탄했다.

'헐! 얼마나 자신이 있기에…….'

물론 당연히 해야 할 수순이지만, 아예 계약이 성사된 것처럼 행동하는 태도는 오히려 허 회장의 마음을 흡족하게 만들었다.

"죄송합니다, 회장님."

"아닐세. 그렇게 하는 게 당연한 수순이지."

"다소 건방진 말입니다만 전…… 영암의 목장을 평당 일만 원에 팔 생각이 절대로 없습니다."

"으잉? 그, 그게 무슨 소린가?"

"회장님을 놀라게 할 생각은 아니었습니다만, 원래 제가 생각하는 가격이 돼야 했기에 적지 않은 노력을 펴부었지요."

"……?"

"전…… 여태까지 평당 삼만 원에 팔 생각으로 시일을 끌며 흥정을 해 왔었습니다."

"아, 아니! 바, 방금 뭐라고 했나?"

"평당 삼만 원이라고 했습니다."

담용의 말을 듣는 순간, 허 회장이 기함을 하더니 경악한 시선으로 서창석을 비롯한 일행들을 쳐다보았다.

"다, 다시 한 번 말해 보게."

"회장님, 평당 삼만 원이라고 말씀드렸습니다."

"허어……. 사, 삼만 원."

"그러나 아직 흥정을 완전히 끝낸 상황이 아닙니다."

"흐, 흥정이고 뭐고……. 이 사람아, 사람 간 떨어질 뻔했네."

"아이구, 기업의 회장님께서 겨우 그걸로요?"

"이 사람아, 여긴 대기업이 아니라 중소기업일세. 가만…… 평당 삼만 원이면 모두 얼만가?"

"768억 원입니다."

"헐-!"

겨우 250억이면 만족하겠다는 생각이었는데, 무려 세 배에 달하는 금액이니 허 회장의 입에서 오히려 허탈해하는 소리가 새어 나왔다.

"그, 그 금액이면 화의신청 기간을 연장시킬 수 있겠어."

"실례가 안 된다면 몇 프로나 갚을 수 있는지 여쭤도 되겠습니까?"

"절반은 갚을 수 있네."

"그렇다면 나머지 얘기는 쉽겠군요."

"나머지라니?"

"강남 역세권 토지와 종로 사옥 말입니다."

"아아, 그렇지. 하지만 그건 영암목장을 처리하고 나서 할 일일세."

"알고 있습니다. 그래서 전 영암목장을 매각할 때 마지노선을 700억으로 잡았습니다. 회장님 생각은 어떠신지요?"

"난 찬성이네. 근데 정말 해낼 수 있겠나?"

엉겁결에 찬성은 했지만 도무지 믿기질 않는지 허 회장은 아직도 반신반의하는 표정이다.

그도 그럴 것이 계약이란 계약서에 서로 도장을 찍고 계약금을 주고받아야만 비로소 완성되기에 허 회장으로선 넘어야 할 산이 아직도 첩첩인 까닭이다.

"회장님, 제가 여길 방문한 건 오늘이 처음입니다. 비록 능력이 부족한 저지만 매입자 측으로부터 결정적인 언질을 받지 않으면 방문하지 않았을 것입니다. 그러니 믿으셔도 됩니다."

"허허헛, 내가 아직 말년 복이 다하지 않았구먼그래, 허허허."

"다만 매입자 측에서 MOU를 원하는 기간이 한 달이라 그 기간 동안은 급하셔도 참으셔야 할 것입니다."

"그거야 으레 하는 통과 의례이니 기다려야지 어쩔 수 있나?"

"만약 실사하는 시일 길어지는 경우에 양해 각서 서류를 제출하셔도 유예기간을 허락해 줄 것입니다."

"또다시 긴장하는 생활이 이어지는 건 사양일세. 가능하면 시일 내로 성사시켰으면 좋겠네."

"노력해 보겠습니다. 그리고……."

"아아, 강남 역세권 토지와 종로 사옥은 틀림없이 매각할 것이네. 그러니 영암목장이 매각됐다고 해서 약속을 지키지 않는 일은 없을 것일세."

"하하핫, 감사합니다. 한 과장님, 그것도 명시해 주세요."

"알겠습니다."

"철두철미하군."

"회장님, 오해는 하지 마십시오. 제가 이미 매입자를 확보해 놓은 상태라 확실히 해 놔야 할 것 같아서요. 또 매입자분 역시 확실히 매각한다는 의사를 확인하길 원하시고요."

"벌써?"

"사실 강남 역세권 땅은 시국만 좋았다면 회장님과 제가 합심해서 걸작을 만들 수 있었는데, 많이 아쉽습니다."

"허허헛, 젊은 사람이 배포가 대단하이."

"하하핫, 제가 배포 하나로 여기까지 온걸요. 그리고 여기……."

담용이 지니고 있던 서류를 허 회장 앞으로 밀었다.

"이건 뭔가?"

"강남 역세권 땅과 종로 사옥을 가치 평가 한 서류입니다."

"호오!"

"아직 시간이 남아 있긴 하지만, 그 시일 동안에 회장님께서도 연구를 하셔서 만족할 만한 금액을 제시해 주셨으면 합니다."

"허어, 진정 늙은이의 마음을 헤아릴 줄 아는 젊은이구먼."

"그래 봐야 저 역시 이익을 탐하는 영업 사원일 뿐인걸요."

"그렇게 말하면 이 늙은이도 장사치나 다름없지."

"어? 말이 그렇게 됩니까?"

"허허헛, 암은. 내 말은 이익을 탐해도 상식을 잃지 않고 탐한다는 말이었네."

"아, 예."

"아무튼 내 꼼꼼하게 검토해서 합리적인 가격에 응하도록 해 보겠네."

"감사합니다. 그리고 한 가지 더 부탁이 있습니다."

"말해 보게."

"실사 기간에 실사팀을 도와줄 전담 부서가 있어야 할 텐데, 그동안 공헌해 온 서창석 부장을 팀장으로 내정해 주셨으면 합니다."

"흠, 어려운 일은 아니지. 여태껏 얼굴을 맞대어 왔으니 서로 친숙할 것이고, 또 서 부장이야말로 끝까지 남아서 회사를 지켜 준 사람이라 믿고 맡길 수 있네."

"이것으로 오늘 방문한 목적은 모두 이룬 것 같습니다. 감사했습니다, 회장님."

"허허허, 별것도 아닌 차 한 잔 대접하고 엄청난 이익을 본 기분일세."

"나중에 성사가 되면 배가 좀 아프실 텐데, 괜찮을지 모르겠습니다."

"예끼, 이 사람아!"

"하하하……."

곰방대 할아버지 댁.

일요일을 맞아 모처럼 전 가족이 한데 모여 조금은 늦은 아침 식사를 하고 있는 담용의 식구들이다.

"으아, 맛있다. 역시 할머니께서 해 주시는 밥은 아무리 먹어도 질리지가 않는다니까."

식사를 시작한 지 얼마 지나지도 않았는데 게 눈 감추듯 퍼먹어 대는 담민의 밥그릇이 벌써 비워지고 있었다.

"그려그려, 고맙구나. 내 새끼, 많이많이 먹어라."

툭툭툭.

담민이의 엄지손가락을 추켜세우는 행동에 안성댁이 대견

스러웠던지 엉덩이를 두드려 댔다.

"헤헤헷! 할머니, 밥 한 공기 더 주세요."

"오냐, 오냐. 퍼뜩 가져다주마."

"허허허, 담민이가 식욕이 많이 돋는 모양이구나. 벌써 한 그릇을 뚝딱 해치우다니 말이다."

"호호홋 할아버지, 담민이가 며칠 있으면 육상 대회에 나가서 그래요. 그동안 훈련을 많이 했거든요."

"뭐라? 담민이가 육상 대회에 나간다고?"

혜인이의 말에 곰방대 할아버지가 국을 뜨다 말고 깜짝 놀란 표정을 자아냈다.

"예, 800m 선수로요."

"허허허, 육상을 시작한 지 얼마나 됐다고……. 벌써 대회에 나간다니 대견하구나, 허허허."

"할아버지, 담민이가요."

"그래, 또 뭐냐?"

"육상을 시작한 지는 얼마 안 됐지만 늦게 시작한 것치고는 기록이 꽤 괜찮아요."

"호오, 혜인이가 아주 잘 아는 모양이구나?"

"그럼요, 제가 담민이 영양사이자 매니저거든요, 에헤헤헤."

"허허, 그러냐?"

"네, 담민이는 제 손안에 있다구요."

"네 공부는 어쩌고?"

"히히힛, 영양사니까 실습도 할 수 있어서 지장 없어요."

"그려? 하면 기록이 어떻게 되는데?"

"에……. 1분 59초대에서 2분 01초대요."

"엥? 그게 무슨 말이냐?"

"에이참, 할아버지도. 컨디션이 좋은 날은 1분 59초대가 나오고요 그리 좋지 않은 날은 2분 01초대란 뜻이지 뭐긴 뭐예요?"

"그려? 차이도 별로 안 나는구먼."

"에효! 1초 차이에 3, 4미터씩이나 거리가 벌어지는데요?"

"어이쿠! 생각보다 많이 벌어지는구나. 그렇다면 컨디션이 좋은 날과 좋지 않은 날의 기록이 무려 8m나 거리가 벌어진다는 얘기구나."

"헤헤, 대충 그 정도 돼요."

"에그머니나. 이렇게 찌는 삼복더위에 무슨 경기를 한다고. 애들이나 잡지 않았으면 좋겠구먼."

"그건 할멈 말이 맞는 것 같구먼."

"영감, 당신이 담민이 못 나가게 좀 막아 보구랴."

"어허, 그럴 수야 없지. 사내 녀석이라면 이 정도 무더위쯤은 거뜬하게 참고 견딜 수 있어야지. 그렇지 않냐, 담민아?"

"히히힛. 그럼요, 할아버지. 제 장딴지 한번 보실래요?"

"어? 그, 그려. 어디 한번 보자꾸나."

"자요."

담민이 벌떡 일어서더니 오른쪽 다리를 쭉 뻗으며 힘이 잔뜩 올라 있는 강인한 장딴지 자랑을 해 댔다.

"어이구야. 우리 담민이 뭘 먹었기에 이렇게 건강하누?"

"히힛. 할머니, 할머니도 만져 보세요."

"호호호, 그려그려."

싱글싱글 웃으며 담민이의 장딴지를 쓰다듬으며 꾹꾹 눌러 보던 안성댁이 차돌같이 단단한 느낌이 오자 화들짝 놀랐다.

"하이고메! 이거이 너무 단단해서 피가 돌지도 않겄네."

"호호홋, 할머니도 참. 피가 돌지 않으면 관리하지 못한 매니저 탓인데 제가 가만 놔뒀겠어요?"

"그, 그런감?"

"그럼요. 선수의 모든 것은 매니저의 관리하에 있다구요."

"그려. 우리 혜인이가 담민이를 떡하니 보호하고 있응께 이 할미는 든든하구먼."

"헤헤헷, 앞으로도 걱정하지 마세요, 할머니. 제가 잘 돌볼 테니까요."

"그려그려. 근데 혜린이는 무슨 역할을 한다냐?"

"저, 저요?"

"응, 넌 담민이의 뭐여?"

조신하게 밥만 먹고 있던 혜린이 갑자기 자신에게 화살이 오자 살짝 당황했다.

하지만 구세주인 혜인이 대신 대답하고 나섰다.

"할머니, 큰오빠와 언니는 물주예요."

"응? 무, 물주?"

"네, 돈을 주거든요. 담민이는 물론 제 용돈까지요, 히히힛."

"그려. 돈이 있어야 뒷바라지도 하제, 암은."

"어험험험, 담용아."

"예, 할아버지."

"육상 대회를 어디서 하는지는 몰라도 우리 내외도 갔으면 싶구나."

"아, 그건……."

담용이 대답을 하기도 전에 혜인이가 따발총을 쏴 대며 끼어들었다.

"할아버지, 할아버지, 여기서 가까운 인천에서 해요. 인천공설운동장요. 날짜는 29일, 30일 양일간이에요. 담민이가 출전하는 800m는요, 29일에 해요. 그리고 제가 아주 좋은 자리로 입장권을 예매해 놓을 테니까요, 그때 같이 가요, 네?"

"그, 그러냐?"

"네, 큰오빠가 그러라고 돈을 주셨거든요. 글고 담수 오빠도 그때를 맞춰서 휴가를 나온다고 하니 같이 갈 수 있을 거예요."

"담수가 휴가를 나온다고?"

"네, 백일휴가래요."

"그거 잘됐구나."

"누나, 또 같이 갈 사람이 있잖아?"

담민이가 혜인에게 새끼손가락을 펴 보였다.

"아! 맞다. 새언니도 있었지?"

"그렇구나. 새아가도 같이 가야지."

"영감, 이왕이면 마포댁 내외도 같이 델꼬 가구랴."

안성댁이 말하는 마포댁 내외는 윤상돈 부부를 말함이다.

"허어, 그렇군, 거기도 걸리는구먼."

"호호홋, 할아버지, 이러다가 동네 사람들 다 데리고 가겠네요."

"허허허, 그러게 말이다."

"에구, 가서 먹을 음식을 준비하려면 마포댁을 불러야겠구먼."

"우와, 신 난다! 할머니, 저도 도울게요. 저 음식 잘해요, 히히힛."

"오냐오냐."

"흠흠, 목마르구먼. 임자, 물 좀 떠오구려."

"할머니, 제가 갈게요."

말도 못 하고 살짝 무안해져 있던 혜린이 얼른 일어나 부엌으로 향했다.

그런데 안성댁이 이때다 싶었던지 재빨리 담용에게 소곤거렸다.

"얘, 혜린이, 재 말이다."

"예?"

"연애하는 것 같은 눈치 같지 않누?"

"여, 연애요?"

"그려. 암만혀도 눈치가 이상혀."

나이는 들었어도 여자는 여자.

고로 여자의 직감이 예리하다는 것을 보여 주는 안성댁이다.

"……!"

담용도 반문은 했지만 안성댁의 말을 듣고서야 아차 싶었는지 안색이 조금 변했다.

'이런! 내가 왜 그걸 깜빡하고 있었지?'

"얘, 어떤 사람인지 네가 좀 챙겨 봐라."

"알았어요, 할머니. 너무 걱정하지 마세요."

"걱정은 왜 하누? 나이가 차면 자연스럽게 짝을 찾아가게 되어 있는 걸 가지구."

"하하, 그러고 보니 그러네요."

"그건 그렇고 넌 아직 장가갈 생각 없누?"

“저요?”

“그려. 네가 장가를 가야 집이 안정되지 않것냐?”

“하하……. 가, 가야죠.”

“그쪽 집에서 말이 있어도 진즉에 있었을 텐디……. 우째 말이 떨떠름하누?”

“할머니, 아직 프로포즈를 못 했어요.”

“뭐? 프, 프로……. 뭐라고?”

“프로포즈라고……. 음, 남자가 여자한테 ‘저와 결혼해 주십시오.’ 하고 정식으로 요청하는 의식이에요.”

“그런 것도 해야 혀?”

“예, 요즘 커플이라면 누구나 다 하는 이벤트죠.”

“그럼 너도 결혼해 달라고 이벤또를 하면 되잖여?”

“하하핫. 예, 곧 할 거에요.”

“할아버지, 여기 물요.”

“오냐.”

혜린이에게서 물을 건네받던 곰방대 할아버지의 눈에 거의 묵음으로 해 놓은 TV 화면에서 수갑을 찬 죄수들이 보이고 있었다.

“애, 혜인아, TV 소리 좀 크게 키워 봐라.”

“네에!”

명랑하게 대답한 혜인이 얼른 볼륨을 높였다.

—……그 액수가 무려 500억대에 이른다고 합니다. 사건의 발단은 7월 22일 오전 10시경 익명의 제보자로부터 증거 서류를 건네받은 검찰이 그 즉시 수사에 들어가면서 시작됐다고 합니다. 이렇듯 검찰이 직접 수사에 나선 이유는 일산 그랑프리플라자에 투자한 투자자들 1,000여 명으로부터 500억 원을 가로챈 선분양 사기 사건에 유력 정치인이 개입된 데다 적지 않은 저명인사와 공인 그리고 다수의 연예계 인물들까지 포함되어 있다는 첩보를 입수한 때문이라는데요. 의정부지청은 사건을 조사부에 배당하고 수사를 시작했다고 22일 오후 4시경에 밝혔습니다. 과연 유력 정치인은 누구이고 저명인사와 공인 그리고 연예계 인물들은 또 누구누구인지 의정부지청에 나가 있는 안필수 기자를 연결해 자세한 사정을 알아보도록 하겠습니다. 안필수 기자…….

"허어. 담용아, 넌 저것과 무관하재?"

"그럼요. 전 분양하고는 거리가 멀어요, 할아버지."

"그랴. 어디서 뭘 하든 정도를 걸어야 혀. 돈에 욕심을 부리지도 말고."

"예, 명심할게요."

"밥 다 먹었으면 우린 따로 앉아서 복지관에 대해서 얘기 좀 하자꾸나."

"예, 할아버지."

"임자, 차 좀 내오구려."

"네에! 할아버지, 혜인이가 가져갈게요."

"허허허, 원 녀석. 저놈을 누가 데려갈는지 그놈은 복을 엄청 받은 놈일 것이여."

혜인이의 아양에 기분이 좋아진 곰방대 할아버지가 곰방대를 꺼냈다가 잠시 망설이더니 도로 집어넣었다.

다음 권으로 이어집니다

바인더북